ひと夏のシンデレラ

リン・グレアム

藤村華奈美 訳

ハーレクインSP文庫

THE FRENCHMAN'S LOVE-CHILD

by Lynne Graham

This edition is published by arrangement with Harlequin Books S.A.

Published by Harlequin Japan,
a Division of K.K. HarperCollins Japan, 2021

リン・グレアム

北アイルランド出身。10 代のころからロマンス小説の熱心な読者で、初めて自分で書いたのは 15 歳のとき。大学で法律を学び、卒業後に 14 歳のときからの恋人と結婚。この結婚は一度破綻したが、数年後、同じ男性と恋に落ちて再婚するという経歴の持ち主。小説を書くアイデアは、自分の想像力とこれまでの経験から得ることがほとんどで、彼女自身、今でも自家用機に乗った億万長者にさらわれることを夢見ていると話す。

◆主要登場人物

タバサ・バーンサイド……画家。愛称タビー。
クリスチャン・ラロッシュ……航空会社社長。
ジェイク……クリスチャンとタビーの息子。
マティルド・ラロッシュ……クリスチャンの母親。
ソランジュ・ルーセル……クリスチャンの大伯母。故人。
ベロニク・ジロー……クリスチャンの元婚約者。

1

クリスチャン・ラロッシュは、黒く鋭い目で、今は亡き大伯母ソランジュの肖像画をいぶかしげに眺めた。その生涯を通して波風ひとつ立てたことのない物静かな女性だっただけに、彼女の遺書は一族を仰天させた。

「こんなばかなことがあるものか！」ラロッシュのいとこのひとりが激しい口調で非難した。「ソランジュはいったい何を考えていたんだ？」

「悲しいことだが、死期が近づくにつれ、姉は頭もおかしくなってきていたんだな」故人の弟が嘆いた。

「まったくだ！　デュベルネの敷地の一部を赤の他人、しかも外国人《フレマン》に恵んでやるとは……信じられん！」もうひとりのいとこも憤然として言う。

いつもなら、クリスチャンは親戚《しんせき》一同の激高ぶりに笑いをこらえていただろう。富める者も、家族の土地には執着する。フランス人は今なお、先祖代々の土地に強い愛着を感じているのだ。とはいえ、ここまで大騒ぎすることもあるまい、とクリスチャンは思った。

問題の不動産は、デュベルネの広大な地所の隅に立つコテージで、資産価値を考えれば、取るに足りないものだ。それでも、この遺贈は理不尽だと、クリスチャンも腹を立てていた。大伯母がなぜ、数年前に二、三度会っただけの若い女性に不動産を遺《のこ》したのか？　解くに解けない謎《なぞ》だ。

「この遺言には深く傷ついたわ」クリスチャンの母親、マティルドが涙ながらに訴えた。

「私の夫を殺した男の娘にご褒美を与えるなんて！」

　母親が今度の遺産分与の一件を過去の不幸な出来事に結びつけたので、クリスチャンは引き締まった力強い顔を曇らせた。涙にくれる母親を慰める役は付き添いの女性に任せ、彼はデュベルネのすばらしい庭を見渡せる優雅な窓辺から離れようとしなかった。夫の死から四年近くたった今も、マティルド・ラロッシュはパリのアパートメントで喪に服している。窓のブラインドを下ろし、黒い服に身を包んで、めったに外出しない。客を招くこともない。かつては社交的で明朗な女性だったことを思い出すのさえ難しいほどだ。母親の果てしない悲しみに触れると、クリスチャンはどうしていいかわからなくなる。カウンセリングも薬も、母親の苦しみをいくらかやわらげたにすぎなかった。

　もっとも、マティルドが夫の死にひどい痛手を被ったことは認めなければならない。二人は幼なじみで、まれに見るほど夫婦仲がよく、生涯のよき伴侶《はんりょ》だった。そのかけがえのない夫が五十四歳の若さでこの世を去ったのだ。

アンリ・ラロッシュは優れた銀行家で、元気はつらつ、人生を大いに楽しんでいた。ところがある男の酒酔い運転のせいで、無惨で無意味な、早すぎる死を遂げたのだ。

その張本人がタバサ・バーンサイド、タビーの父親、ゲリーだった。運命の夜、たったひとつの交通事故が、合わせて五つの家庭を不幸のどん底に突き落とした。犠牲者はアンリ・ラロッシュひとりではない。ゲリー・バーンサイド本人と同乗者四人も亡くなり、重傷を負った五人目も、のちに息を引き取った。

あの夏、ドルドーニュにあるラロッシュ家の別荘から丘を下った先の大きな農場に、イギリス人の四家族が滞在していた。そのひとつがバーンサイド一家だった。むろん、ラロッシュ家の人たちは、旅行者たちと交わろうなどは夢にも思わなかった。日光浴と酒と食事を満喫することしか頭にない連中なのだ。クリスチャンは、両親や友人、それに愛人が訪れるとき以外は、別荘でひとり落ち着いて仕事にいそしむことができた。

ゲリー・バーンサイドは、彼の再婚相手であるリサと、先妻との間にできた娘タビーを連れて避暑に来ていた。二人の女性は、遠くから見た限りでは、ほとんど区別がつかない。リサもタビーもブロンドでスタイルがよく、クリスチャンは姉妹かと思ったほどだ。タビーがまさか高校生とは思いもしなかった。遠目にも、彼女はいかにも浮ついていて、軽薄な娘に見えた。

クリスチャンは当時のタビーを思い浮かべ、侮蔑《ぶべつ》をこめて官能的な厚い唇の端を持ちあげた。

タビーは毎夜、農場の照明付きプールで裸で泳いでいた。それは、自分に見せているとしかクリスチャンには思えなかった。別荘のテラスでワイン片手に、彼女の豊かな胸や甘くくびれた腰を見て過ごすのは、望外の楽しみだった。

肌もあらわなタビーの姿を愛《め》でるのに、クリスチャンはまったく罪悪感をいだかなかった。男なら誰でも彼女がひけらかす魅力に熱くなるだろう。どんな男も、あのあからさまな誘惑にはころりとまいってしまうはずだ。タビーがなぜみんなと一緒に外で食事をせず、しょっちゅうひとりで農場にこもっているのか、当時の彼は深く考えなかった。思い返せば、タビーは最初からぼくに狙《ねら》いを定めていたに違いない。村で見かけて、ぼくが誰なのか、そして、いかに大きな掘り出しものか、すぐに突き止めたのだ。ラロッシュ家の別荘から農場のプールが見晴らせることに気づいたタビーは、そこで泳いでいれば、いつかはぼくの目に留まると踏んだのだろう。

最初からタビーがクリスチャンを誘惑の罠《わな》にかけるつもりだったとしても、不思議はなかった。彼の洗練された容姿に女性は抗しがたい魅力を感じ、彼の気を引くためなら手段を選ばないことを、クリスチャンは十代のころから知っていた。といって、彼はうぬぼれていたわけではなかった。異性としての魅力に経済力が加われば、強烈な吸引力になるのは当然だ、と冷めた目でとらえていた。

クリスチャンの両親は共に裕福な家のひとりっ子で、二人の結婚によってふくれあがった富を、息子はさらに莫大《ばくだい》なものにした。

ラロッシュ家の金儲《もう》けと経営の才を受け継いだ彼は、二十歳《はたち》で大学を中退した。それから九カ月とたたずに航空会社を興して記録的な利益をあげ、その後も彼の会社は躍進を続けた。だが、会社を興して五年が経過すると、働きづめの彼は燃えつきた感があった。タビーに出会ったのは、そんなときだった。倦怠《けんたい》感を覚え、目先の変わったものに飢えていたその夏、彼女は十二分にクリスチャンを満足させてくれた。

なんの駆け引きもしないタビーはクリスチャンの思いのままで、初めてのデートで体を許した。その後の六週間、彼は今までに経験したことのない激しさで彼女を愛した。クリスチャンは彼女に取りつかれていた。しかし、タビーは彼のベッドで夜を明かそうとはせず、この関係を家族や友人に伏せておきたがった。それだけに、密通でもしているようなスリルがあった。六週間、体が砕け散るほどの満ち足りた思いを味わい、クリスチャンはそれだけでプロポーズをする気になっていた。結婚すれば、彼女のすばらしい体に一日じゅう手を伸ばせるからだ。

結婚！　この不快な思い出には、今でも身震いさせられる。彼の天才的な知能も役には立たず、強い衝動は抑えようがなかった。タビーが高校生だとわかったときは驚きに打ちのめされた。しかも、虚言癖のある十七歳だったとは！

だが、当時は欲望に正気を失い、十代の妻でもいいと彼は思った。虚言癖に関しては、嘘《うそ》をつかないよう教えこめばいい。それに、どうせ一日のほとんどはベッドに置いておくつもりだった。ところがあるとき、自分の幼妻になるかもしれない彼女が、にきび面のバイク乗りといちゃついているのを目撃したのだ。怒りと不信感、そして嫌悪はあとあとまで残ったが、彼女に対する妄想はすぐに断ち切ったのだった。

「バーンサイドの娘がラロッシュ家の土地に一歩でも足を踏み入れたら、あなたのお父さまの思い出を汚すことになるわ」マティルドは訴えた。

涙まじりの興奮した母親の声に暗い記憶の淵《ふち》から連れ戻され、クリスチャンはたじろいだ。「それはありえないよ」慰めと確信をこめて断言する。「コテージを買い戻すと申し出れば、彼女は即座に応じるに決まっている」

「そういう交渉はあなたにはあまりにも不愉快でしょう」隣にいるベロニクが、同情するような口調で遠慮がちに指摘した。「私に引き受けさせて」

「相変わらず優しいな。だが、そこまで気を遣う必要はないよ」クリスチャンは美しく優雅な黒髪を持つ女性に賛嘆のまなざしを注いだ。

ベロニク・ジローはすべてにおいてラロッシュ家の嫁にふさわしかった。クリスチャンとは幼なじみで生い立ちも似ている。企業弁護士の彼女は客のもてなしもうまく、遠からず義母となるマティルドの精神的なもろさにも寛容だった。だが、この婚約者に対して、彼は愛情も欲望もいだいていなかった。愛や欲望より、互いに尊重し合い、誠実であることのほうが大事だと、二人とも考えていた。ベロニクは彼の子供を喜んで産むつもりでいるが、ベッドでの触れ合いそのものには積極的ではなかった。欲望は愛人で満たしてほしい、と彼女ははっきり告げていた。

この取り決めにクリスチャンは大いに満足していた。結婚後も男としての自由を奪われず、好きなときに好きなことができると知って、ますますベロニクとの結婚に乗り気になった。

ひと月以内に仕事でロンドンへ行くことになっている彼は、そのついでにタビー・バーンサイドを訪ね、コテージを買い戻す話を持ちかけるつもりでいた。四年近くたって、彼女はどんな女性になっただろう……美貌《びぼう》は衰えたのだろうか？　二十一歳で？　クリスチャンは肩をすくめ、どうだっていいじゃないか、と苦笑した。

フランスの家。タビーは夢心地で思い描いた。さんさんと日が降り注ぐ我が家……。

「もちろん、老婦人の遺してくれたコテージは売るんでしょうね」アリソン・デイビスが姪《めい》の身になって言った。「かなりの値がつくはずよ」

都会と違って田舎の空気は新鮮だ。幼い息子の喘息《ぜんそく》も排気ガスのせいに違いない。タビーは満足げに思った。

「あなたとジェイクにもたくわえができるわ」黒い髪と知的なグレーの瞳を持つ叔母が自らの考えにうなずく。

タビーもまた、自分だけの思いに浸り、ソランジュ・ルーセルがフランスの家を遺贈してくれたという驚くべき事実について、しみじみと考えていた。これは運命よ。きっとそうだわ。息子にはフランス人の血が流れている。今、思いもよらず、この大きな幸運が訪れ、フランスにある家を受け継いだ。ええ、こうなる運命だったのよ。タビーは、小さな裏庭で遊ぶジェイクに目を向けた。息子は誰もが見とれるような男の子で、茶色のいたずらっぽい瞳とオリーブ色がかった肌を持ち、髪は黒い巻き毛だ。喘息は今のところ軽いが、ロンドンに住み続ければ、悪化する可能性が強い。

フランスの公証人から遺贈の通知状が届いた日から、心機一転、フランスで息子と暮らそうとタビーは考え始めた。何しろ、絶好のタイミングだった。叔母のタウンハウスを出るために、当たり障りのない口実を必死に探していたところだったのだ。

アリソン・デイビスは姪と十歳しか違わない。父親を亡くしたタビーは経済的に困窮し、しかも妊娠していた。アリソンはそんな姪を家に引き取ってくれた。タビーは言葉では言いつくせないほど、叔母に感謝し、恩を感じていた。

ところが、つい一週間前、アリソンが彼女のボーイフレンド、エドワードと白熱の議論をしているのをたまたま耳にして、タビーは身の置きどころがなくなった。エドワードは一年ほど休業して、旅行に出かける計画を立てていたが、叔母はそれに同行しないと言っていた。だがそれは、姪の身の上をおもんぱかってのことだと、二人の言い合いを聞いてタビーは初めて知ったのだ。

「きみが大事な貯金を使い果たす必要はないよ。ぼくらが海外にいる間、この家を人に貸せば、旅行費用は賃貸料で全部まかなえる」

タビーが夜の仕事から戻り、裏口のドアの前で鍵《かぎ》を捜していたとき、キッチンでエドワードが強く主張していた。

「もうその話はすんだはずよ」アリソンは悲しげに反論した。「人にここを貸すから出ていってなんて、タビーに言えるわけないでしょう。あの子にはほかに家を借りて住む余裕なんかないし――」

「それは誰のせいなんだ？　十七歳で妊娠してしまった過ちのつけを、彼女は今払っているのさ！」エドワードは腹立たしげに言いつのった。「ぼくらまでそのつけを払わされるのかい？　たまに二人きりになれるときがあっても、きみはジェイクの世話をしている。それだけでもいい迷惑じゃないか」

エドワードの痛烈な非難を思い返すと、タビーは今でもひどく傷つき、屈辱的な気持ちになる。でも、仕方がない。叔母に面倒をかけすぎたことに自ら気づくべきだった。今までとてもよくしてくれた叔母が、これほどの犠牲を払っていたとは。早くこの家から出なくては。そうすれば叔母は自分の人生を自由に生きられる。とはいえ、あの言い合いを立ち聞きしたことを叔母には気づかれたくない。

「それにしても、フランスの老婦人があなたのことを思い出して遺言に記したなんて、不思議だわ」アリソン・デイビスはゆっくりと首を振った。

再びタビーは物思いから覚め、表情豊かな緑色の瞳を伏せてキャラメルブロンドのほつれ毛を小さな耳の後ろにかけた。遺言の裏には叔母にも打ち明けられない事情が存在するのだ。「ソランジュとはとても馬が合って――」

「でも、二、三度会っただけでしょう……」

「ソランジュが私に遺したのは、所有地のごく一部よ。とても裕福な方だったから」タビーはぎこちなく説明した。「コテージの遺贈は私にとっては夢のような話だけど、ソランジュの目から見れば……些細《ささい》なことかもしれないわ」

ソランジュ・ルーセルとは会うたびに心が通い合っていった。初めて会ったときは幸せいっぱいのころで、クリスチャンに恋をしていると胸を張って言えた。二度目のときは自信がなくなり、彼に飽きられてきたのかもしれないという不安を隠せなかった……。そして、三度目のとき、最後の四度目は？

多くの命を奪ったあの運命の日から数カ月後、タビーはひとりでフランスに行き、事故の審理に立ち合った。もう一度クリスチャンに会いたいという切実な思いを抱えて。時と共に彼の気持ちもやわらぎ、恐ろしい衝突事故で最愛の肉親を失ったのは彼だけではないとわかってくれると信じていた。ところが離れていた数カ月間に、クリスチャンは彼女をいっそう白い目で見るようになっていた。前はとても親しげだったベロニクもよそよそしく、敵意すら感じられた。タビーはゲリー・バーンサイドの娘というだけで、あの事故で不幸になった人たちから爪《つま》はじきにされてしまったのだ。

審理の日に、タビーはようやく大人になった。悪夢に等しい事故のあとの数カ月に匹敵するくらいに残酷な、人生が一変するほどの試練だった。叔母からお金を借りてフランスに行ったときは、生まれたばかりのジェイクの父親であることを知ってクリスチャンがどんな顔をするか、純粋な期待と夢で胸がいっぱいだったのに。

しかし、審理が行われた日、タビーの夢の城は跡形もなく崩れ落ち、結局、子供がいることをクリスチャンに言えなかった。人前で言えるはずもなく、二人きりで話す時間が欲しいという願いも、彼は聞き入れようとしなかった。親密な関係を持ったことなどなかったかのような無情な拒絶に遭い、タビーは彼の目の前で泣き崩れる前に逃げだした。外に出たとき、慰めるような、だが、おずおずとしたしぐさで誰かが手を握った。とまどいつつ見あげると、ゾランジュ・ルーセルだった。婦人の目には思いやりと同情の色が浮かんでいた。

「あなたとクリスチャンの間に家族が立ちふさがってしまったのね」年輩の女性は心から

残念そうにため息をついた。「あってはならないことなのに」

家族に対する忠誠心よりもっと見苦しい何かのせいでクリスチャンに捨てられたのかもしれないとタビーが認める前に、ソランジュは審理が行われている建物の中に急いで戻った。クリスチャンの大伯母は、飲酒運転のドライバーの娘に同情している場面を誰かに見られたらまずいと思ったに違いない。

「遺贈されたコテージは売るつもりでいるんでしょう？」アリソンは姪に率直にきいた。

タビーは深呼吸をしてから答えた。「いえ……手放したくないわ」

叔母は眉をひそめた。「でも、コテージはクリスチャン・ラロッシュがブルターニュに持っている敷地の中にあるんじゃないの？」

「ソランジュが言っていたけれど、クリスチャンはめったにデュベルネを訪れないんですって。田舎より都会のほうがはるかに好きだから」タビーは硬い口調で応じた。彼の名を口にするだけでも勇気がいるのだ。「広い敷地だし、コテージはその隅にあるから、あそこにいても彼にはわかるはずないわ」

アリソンは困惑げにさらに尋ねた。「彼との再会をひそかに期待しているんじゃないのね？」

「まさか！」タビーは顔をしかめた。「なぜ私が彼にまた会いたがっているなんて思うの？」

「ジェイクのことを話すためとか？」

「今さら話す気はないわ。時機を失したわ」タビーは顎をもたげた。クリスチャンと彼の一族は、事故の審理の日、彼女の姿を見ただけで気分を害していた。タビーが彼の息子を産んだとわかれば、ますます毛嫌いするだろう。「ジェイクは私のものよ。このまま、二人でちゃんとやっていくわ」

アリソンは無言だった。まだ納得していないのだ。タビーは人を信じやすく素直なだけに、とても傷つきやすい。アリソンは姉のひとり娘をかばおうとする気持ちが昔から強かった。それに、姪が男性の気持ちをそそりやすいことも熟知している。キャラメルブロンドの髪、緑色の瞳、えくぼ、古風な砂時計の形にも似た、人の目を奪わずにはおかない体つき。その過剰とも言えるセクシーな容姿は、ときに騒動を巻き起こす。タビーが道を歩けば、男性運転手たちが彼女の脚線美を見ようと首を伸ばし、うっかり車をぶつけるという噂《うわさ》が流れているほどだ。実際、タビーには不幸がついてまわる。とりわけ最近は不運続きだと、アリソンは暗い気持ちで認めた。ところがタビーは怖いもの知らずで火中に飛びこむ。それでひどい目に遭うことも多いのに、救いがたいほどの楽天家なのだ。

そんなことを思いながら、アリソンは向かい側に座る姪に不安なまなざしを注いだ。

「水を差すようで悪いけど……外国で休暇用のコテージを維持する費用がいくらかかるか、

考えたことがあるの？」

「あら、休暇用の家にしようとは思っていないわ」タビーは笑った。「私は永住するつもりで話をしているのよ……ジェイクと二人、フランスで新生活を始めようかと――」

思いがけない言葉に、叔母はひたとタビーを見すえて遮った。「でも、それは無理――」

「どうして？　細密画の仕事はどこでもできるし、インターネットで販売もできるわ。顧客も獲得しつつあるし、フランスの風景ほど絵心をくすぐるものはないでしょう」タビーは熱意をこめて明るく語った。「初めのうちはやりくりが大変だろうけど、コテージは自分のものだし、少ない収入でも暮らしていけるわ。ジェイクも第二の言語を覚えるにはちょうどいい年ごろだし」

「まったく、計画ばかり先行して。まだコテージを見てもいないのに！」アリソンはたしなめた。

「そうだけど」タビーはにっこりした。「でも、来週には調べてくるつもりよ」

「住めない状態だったらどうするの？」

タビーは細い肩をいからせた。「なんとかするわ」

「どうも現実的じゃないのよね」アリソンはさっきより優しく言った。「外国に住むのは刺激的かもしれないけど、ジェイクのことも考えなければ。フランスでは頼れる人や組織もないでしょう。何かあっても、誰も助けてくれないのよ」

「だけど、自立が私の望みだから」

きっぱりとした言葉にアリソンは不意をつかれ、かなり傷ついた表情になった。

タビーは決意を押し通す覚悟で自分を勇気づけ、ごくりと喉を鳴らした。「私は自分の足で立ちたいの。アリソン……だってもう、二十一歳なのよ」

叔母はいくらか頬を染めて立ちあがり、夕食の皿を片づけ始めた。「その気持ちはわかるわ。でも、決死の覚悟で行動を起こしたあとで過ちに気づいても遅いのよ。そんなふうになってほしくないの」

タビーは椅子に座ったまま、今までの過ちを思った。そこへ、ジェイクが裏口から入ってきて、母親の腕に飛びこんだ。幼子は息をはあはあさせて笑い、外気と泥まみれの男の子のにおいをまき散らしながら、母親の膝によじのぼって抱きついた。「ママ、大好き」さえずるような声で言う。

涙がこみあげ、タビーは息子を強く抱き返した。礼儀からか、親切心からか、口に出して言う人は少ないが、タビーの最大の過ちはこのジェイクだとみんなが思っている。だが、彼女はそんなふうには思っていなかった。人生に絶望しかけたとき、おなかの中にいる子供のことを思っただけで再び歩く力がわき、未来を信じることができたのだ。

アリソンがシンクから戻ってきて再び姪を見つめた。まだ眉を寄せている。「あなたがここへ引っ越してくる前のことだけど、ショーン・ウェンデルという同僚がいたわ。彼、大のフランスびいきで、ブルターニュに移転して、不動産の仕事を始めたの。今でもクリスマスには便りがあるわ。あなたが向こうにいる間、何かの支えになるよう彼に電話しておきましょうか？」

タビーがはっとして驚きの目を向けると、叔母はしかめ面をした。

「ええ、わかってるわ……口を出してはいけないのよね。だけど、私のためにも、ショーンに何か手伝わせて。でないと、あなたのことが心配で病気になっちゃうわ！」

「でも、私にどんな支えがいるっていうの？」タビーは沈んだ声で尋ねた。

「そうね、まずは公証人を相手にしなくちゃならないでしょう。法律上の手続があるはずよ。あなたのフランス語は初級程度だし、難しい話にはついていけないかもしれないわ」

フランス語の会話力が充分でないのはタビーも自覚していたが、会ったこともない人に助けてもらうのは気が重い。もっとも、今はそういう些細な悩みよりも、過去の出来事のほうがはるかに大きく心にのしかかっていた。ジェイクが寝る支度をするのに手を貸しながらも、つらく、そして楽しい思い出がよみがえり、タビーの意識は、はるか昔に思える四年前のあの夏に引き戻されていった……。

バーンサイド家は毎年、スティーブンソン家、ロス家、ターバート家の三家族と合同でドルドーニュに出かけ、すぐ近くの宿に泊まるか、一緒に泊まれる大きな宿泊施設を見つけるかして、楽しい休暇を過ごしていた。スティーブンソン家の娘ピッパはタビーと同い年で、二人は大の仲良しだった。ロス家にはタビーより半年ほど若いヒラリーと妹のエマが、ターバート家にはひとり娘のジェンがいた。タビーとピッパ、ヒラリー、ジェンが同じ教会の児童会に入っていた関係で、まず母親同士が親しくなった。のちにそれぞれがよその土地へ引っ越し、生活環境も大きく変わったが、四家族の親交は続き、フランスへの休暇旅行も恒例となった。

ところが、タビーが十六歳の秋、今まで当たり前のように思っていた温かい家庭は、なんの前触れもなく消え去った。母親がインフルエンザの合併症で亡くなったのだ。ゲリー・バーンサイドは妻の急死に打ちひしがれたが、わずか半年後には、誰に相談することもなく再婚した。後妻のリサは二十二歳になるブロンド美人で、ゲリーの勤める自動車販売会社のショールームで受付をしていた。タビーはこの驚くべき急展開に、ほかのみんなと同様、ただ圧倒された。

ほとんど一夜にして、父親は見知らぬ他人と化し、不相応に若い格好をして浮かれ騒ぐようになった。娘のために時間を割くこともなくなった。彼の関心が新妻以外に向くと、リサが嫉妬《しっと》して癇癪《かんしゃく》を起こし、物を投げつけたりわめいたりするのだ。リサを喜ばせるために、ゲリーはもう一件家を買い、それにひと財産つぎこんだ。リサは初めからタビーを憎み、露骨に邪魔者扱いをした。

そんなリサが、夫の友人らと一緒にフランスへ行きたがるわけがなかったが、ゲリーもこれだけは譲らなかった。リサはみんなに溶けこもうとせず、夫の友人たちが目をむくようなふるまいを平気でした。多感な年ごろのタビーは、死にたくなるほど恥ずかしい思いを何度もさせられ、極力大人たちとの交わりを避けていた。

残念なことに、ピッパ、ヒラリー、ジェンといるときも陸《おか》に上がった魚の気分だった。安定した家庭と愛情豊かな両親がそろっている無邪気な友だちとは距離を感じた。といって父親に気の毒で、自分がどんなにみじめで孤独か人には話せない。そんなときにクリスチャンを見かけ、悩みも孤独感もすべて頭から消え去った。

あれは休暇の二日目だった。朝食のとき、ピッパの両親の前で、〝いやらしい不良娘〟と継母《ままはは》に毒づかれた。タビーはその屈辱を思い返しながら、農場の坂を下り、眠ったような小さな村にある楡《にれ》の木の下に座っていた。すると、車体が長くて低い黄色のスポーツカーが爆音をとどろかせて坂を下り、角を曲がった先で、うなりをあげて止まった。

見あげるように背が高く、堂々たる体格をしたサングラスの男性が車から降り、小さなカフェにさっそうと入っていった。オフホワイトのシャツのカフスを無造作に折り返し、見事な仕立てのベージュのチノパンツをはいている。彼はテーブルに着くなり、店の主人の息子にメモを渡した。息子は隣の店に駆けこみ、新聞を手にして戻ってきた。男性のクールな一挙一動に、タビーの目は釘《くぎ》づけになった。

店の主人はうやうやしく彼を迎え、テーブルを念入りにふいた。まもなくコーヒーとクロワッサンがそこに届けられ、新聞がそれに続く。あまりにもフランスらしい鮮やかなひと幕にタビーは魅了された。

男性はサングラスを外してシャツのポケットにかけた。タビーは、その引き締まったブロンズ色の顔に見とれた。黒髪が額にかかり、はっとするほど黒い瞳は、陽光を受けて金色のきらめきを放っている。タビーの心臓は早鐘を打ちだし、息をするのもままならなかった。

ほんの一瞬、男性はタビーを振り返った。タビーはたちまち心を奪われた。そのまなざしひとつで充分だった。稲妻に打たれたかのごとく、彼女はたちまち恋に落ちたのだ。

男性は新聞に注意を戻した。ブロンズ色の完璧《かんぺき》な顔やしなやかな体をただ眺めているだけで、タビーは満足だった。やがて彼は向こう側の歩道へと大股で戻り、本人に勝るとも劣らない立派な車に乗りこんで、ゆっくりと発進させた。色付きガラスの車の窓から彼女をよく見られるくらいのスピードで。

「あの人は誰?」農場のプール掃除をさせられていたふくれっ面の若者にタビーは尋ねた。

タビーが夢中で人相を説明してもぴんとこなかった若者は、どんな車だったか説明すると、即座に答えた。「クリスチャン・ラロッシュ……家族の住む別荘が丘の上にある。銀行よりも金持ちだ」

「結婚しているの？」

「冗談だろう。いかした女の子がぞろぞろあとをくっついてるよ。どうした？　きみにもチャンスがあるかって？　彼みたいな大物ビジネスマンから見れば、きみなんか赤ん坊だな」若者はからかった。

タビーは現在に心を戻した。クリスチャンのことを考える自分が腹立たしい。ソランジュの遺言が引き金となり、手痛い教訓でしかない出来事がよみがえってしまった。タビーはクリスチャンとの間にできた息子をベッドに寝かせ、いとしげなまなざしを注いだ。それがいいのかどうか、三歳にしてジェイクは父親そっくりだ。顔だちも体つきもラロッシュ家の血を引き、本人のためにならないほど賢い。けれど、女性を欲望の対象としか見ない人間にだけはなってほしくない、とタビーは思った。

次の週、タビーはダイヤのヘアピンを売った。クリスチャンからもらったもので唯一手もとに残しておいたものだ。もらった夜につけたきりで、そのあとはダイヤのヘアピンが必要な暮らしとは縁がなくなった。だから手放しても心は痛まない。むしろ、ヘアピンが予想以上のお金になってうれしかった。慎重に使えば、足となる中古のワゴン車を買い、さらにイギリス海峡を渡る費用もまかなえる。アリソンに説得され、タビーはまずひとりでフランスへ行くことにした。コテージは掃除をしなければ使えないはずだ。ジェイクを連れていけば、舞いあがるほこりで咳《せ》きこみ、足手まといになるのが目に見えていたからだ。

出発の一週間前、ジェイクを託児所に送ってから家に戻り、朝食をとっていると、ドアベルが鳴った。タビーはトーストを手にしたまま玄関に向かった。

ドアを開けると、そこに背の高い黒髪の男性が立っていた。チャコールグレーのビジネススーツを身につけたその男性をはっきり見ようと顔を上げたとき、タビーの手からトーストが落ちた。

「今日の訪問を前もって知らせようとしたが、ここの電話番号は案内にのっていなかった」ガラスの上を滑るようななめらかさで、クリスチャンが言った。

タビーの締めつけられた喉から、か細い息がもれた。フランスなまりの魅力的な声に背中が震え、五感がたちまち敏感になる。狼狽《ろうばい》の浮かんだ目を、彼のエキゾチックで引き締まった顔からそらそうとしたが、できなかった。無意識にあとずさったのは、脅されているという意識がどこかにあるからだ。もっとも、自分の中の弱く官能的な部分につけ入るような、刺激的で甘美な脅しだったが。彼は記憶にある以上に抗しがたい魅力を放っている。いまいましいことに、タビーの胸はすでに大きくはずんでいた。

一方で、クリスチャン・ラロッシュが目の前に立っていることが信じられなかった。彼がアリソンの家の中に足を踏み入れ、話しかけようとさえしていることも。どうしてこれが現実だと思えよう。

タビーの体は震えていた。見開かれた緑色の瞳はエメラルドさながらの輝きをたたえて、彼に釘づけになっている。クリスチャンと最後に会ったとき、彼の嘲笑《ちょうしょう》と嫌悪のまなざしはナイフのようにタビーの心を刺し貫いた。その刃には毒が塗られていて、痛みはずっとあとまで続いた。それでも彼を愛し、切なく求める自分が恨めしかった。今は今で、クリスチャンの顔に、幼い息子の無邪気な面影を探している。そんな自分が哀れでうとましい。

「なんの用かしら?」タビーは震える声でそっときいた。

黒くきらめく目が伏せられ、男らしい唇が笑みらしきものを宿してわずかにゆるんだ。大きく立ちふさがる体は、アリソンの家の玄関を息苦しいまでに狭く感じさせる。彼はこんなにも背が高く、たくましかっただろうか。しかも、息をのむばかりにハンサムだ。こんな男性からはできるだけ身を遠ざけておくに限る。かつて、逃げるだけの機転がなく、出会って数時間後に彼のベッドの中にいたことは、今なお深い屈辱としてタビーの胸に刻まれていた。

「きみが断れないような申し出をしに来たんだ」

「あら、断れるわ……あなたの申し出で、私が断らないものなんてあるものですか!」七つの重罪を記した訴状を差しだされたかのように、タビーは荒々しくはねつけた。

クリスチャンは慌てもせず、注意深いまなざしをタビーに注いでいる。こぼれるようなキャラメルブロンドの髪、きらめく瞳、頬骨のあたりに散らばるそばかすまで、熱心に眺めていった。とりわけ長く視線をとどめたのは、ふくよかで無防備な口もとだった。熟れたピンクの唇を見ただけで、それが肌を這《は》う感触がよみがえる。そのとたん、彼の意志にそむいて下半身が反応し、硬くなった。振り返れば、あれほどの喜びをくれた女性はほかにいない。だが、彼女は陰でぼくを裏切っていた、とクリスチャンは苦々しく思い出した。ハーレー・ダビッドソンのバイクに乗ったどこかの馬の骨と一緒にいたのだ。そのことを思うと、なんの前触れもなく、生々しい怒りが彼を襲った。

「賭《か》けてみるかい、いとしい人《シェリ》？」いつものセクシーな声でクリスチャンは物憂げに問いかけた。

2

「私はわかりきったことに賭《か》けたりしないのよ。それに、入ってくれと頼んでもいないわ！」

ぶしつけな値踏みのまなざしに、丸みを帯びたタビーの顔は炉のように赤く燃えていた。こんな無礼なまねができるのは、クリスチャン・ラロッシュをおいてほかにいない。彼が傲慢《ごうまん》に頭を反らし、片方の眉を皮肉っぽく上げただけで、人はすっかり萎縮《いしゅく》する。これは、何百年と受け継がれてきた血の成せる業だ。何しろ、彼の祖先はみな、自分は特別だと考えてきたのだから。恐るべき自信家のクリスチャンは、自分の知性が並外れて優れていることを知っている。だからこそ謙虚になる人もいるけれど、彼の場合は違う。

「だが、ぼくにノーと言うのは得意じゃないだろう、かわいい人《マ・ベル》」

クリスチャンのシルクのような声に、タビーはたじろいだ。小さな拳《こぶし》を握る間も、彼は肉の品定めでもするようにタビーを見まわしている。大胆にも、色あせた赤いTシャツの下で息づく豊かな胸の先端に視線が留まり、タビーはさらに身をこわばらせた。彼の目にさらされて体は意志を裏切り、ブラジャーの下で反応している。タビーはくるりと彼に背を向け、居間に向かった。

すでに頭はまともに働かなくなっている。クリスチャンといると前からそうだったが、今はそのことに屈辱を感じていた。でも、反論などできない。彼にノーと言えたためしはなく、拒みたいとも思わなかった。奴隷同然だった。出会ったときは処女だったのに、自分の中のどこかで、夢にも思わなかったような奔放な官能が目を覚ましていた。この世で出会ってはならない男性がクリスチャン・ラロッシュだったのだ。彼から身を守る術《すべ》はなかった。

色あせた赤いコットンの生地が、悩ましく豊満な胸の上で張りつめている。クリスチャンは自分が与えた効果のほどをそれ以上見るまいとした。ためていた息をいらだたしげに、ゆっくりと吐きだす。昔は考えもなく彼女に手を伸ばしていた。今、同じようにしたら、タビーはどう反応するだろうという誘惑を押しのけ、クリスチャンは一メートルほど離れて脚に力をこめた。タビーは決して美人ではない。鼻は大きめで、口も少々大きい。それに、背が低すぎ、優雅とは言えない。だが、すべての欠点を合わせ、そこにそばかすやえくぼまでマイナスの要素として加えたとしても、彼女は魅力的だった。クリスチャンはタビーを、アラブの女性がつけるようなベールで覆い、小塔に閉じこめて、自分ひとりで彼女を見て楽しみ、味わいたかった。彼女にかきたてられたかつての激しい所有欲を思い出し、クリスチャンはいつになくうろたえた。

「ぼくの大伯母がきみに遺贈した資産を買い戻したいんだ」クリスチャンは冷ややかに告げた。

　彼の言葉を最後まで聞かないうちに、タビーの顔から血の気が失《う》せた。薄く張り合わせた木の床を見つめながら、彼に傷つけられ拒まれたような、理屈に合わない気持ちを振り払おうとする。今になってクリスチャンが私に会いに来たとすれば、ほかにどんな理由があるだろう？　ラロッシュ家の土地や家のほんのひとかけらさえタビーの手に渡すのは、彼にとっては耐えがたいはずなのだから。でも、おあいにくさま。追いつめられたタビーは、不意に辛辣《しんらつ》な気分になった。

「売却にはまったく興味ないわ」タビーは硬い口調で応じた。「あなたの大伯母さまが自らの意思でコテージを私にくれたのは明らかだし――」

「なぜなんだ？」クリスチャンは彼女を遮って尋ねた。「今もってぼくには合点がいかない」

　あなたが私の心をずたずたに引き裂いたから、大伯母さまは私を哀れに思われたのよ！だが、彼に言うつもりはなかった。タビーは、もしかしたらあの老婦人も似たような苦しみを経験し、同情を寄せたのかもしれない、と思っていた。

「ほんの思いつきでしょう……お優しい方だったから」声が張りつめる。もう一度ソランジュに会えたらいいのに、と彼女は心から願っていた。

「フランスでは」

クリスチャンは低く沈んだ声でゆっくりと語り始めた。「自分の土地のわずかでも家族以外の誰かに遺《のこ》すという習慣はない。あのコテージがラロッシュ家の資産として残るよう、市場価格にかなりの上乗せをするつもりだ」

激しい怒りと悔しさがタビーの胸を突きあげ、いくらしずめようとしてもかなわなかった。

三年前、ほんのちょっとでいいから二人きりになりたいと哀願したとき、クリスチャンは冷たくはねつけた。私は彼を生涯許せないだろう。その彼がわざわざやってきて、今度はソランジュが夏に使っていただけのコテージを私から取りあげようとしている。なんと残酷で非情なのだろう。

私はよそ者でも、息子はラロッシュ家の血を引いている。私以上に、この遺贈を受ける権利があるのよ。タビーは頑《かたく》なに自分に言い聞かせた。ジェイクは私生児として生まれ、高貴な一族の外で生きているけれど、クリスチャンの息子であり、フランスの土地に住む資格がある。コテージを遺したソランジュ・ルーセルも、タビーがまだそれを見もしないうちにクリスチャンが買い戻しにかかるとは思っていなかっただろう。遺産をすぐに処分するという考え自体、不謹慎ではないか。ソランジュの思い出を汚すことにもなる。

「売る気はないわ」タビーは顔をぐいと上げ、刺すような彼の視線を受け止めた。すると、あの熱い感覚が下腹部から一気に広がり、体に火がついた。彼の男らしいオーラを体じゅうに浴びるのは、まさに責め苦だった。

「小切手の額を見てからにしたまえ」クリスチャンが促した。強いフランスなまりのある英語は少しろれつが怪しく、鋭く大胆な線を描く頬骨のあたりにはかすかな赤みが差している。

タビーは口の中が急速に乾いていくのを感じた。それからようやく、居間の一角、窓際に置かれたダイニングテーブルの上に小切手がのっていることに気づいた。

「小切手を受け取ってくれたら、きみをランチに連れていこう」タビーを求めて、クリスチャンの体はうずいていた。空間を満たし、空気を震わせる強力な熱気に屈することなく、この家を出ていけるだろうか、と彼は不安になった。

クリスチャンの言葉はタビーの記憶を刺激した。彼と一緒にいて、何度ランチやディナーを食べ損なったことか。レストランに着くまでのわずかな時間でさえ、互いに我慢できなかった。待避車線に車を止めて食事もそっちのけで愛し合ったこともある。また、道路の真ん中で車をUターンさせ、家に戻ったときもある。彼女へのあまりに強い欲望にクリスチャンは自嘲《じちょう》し、タビーはそんなことが続くうちに六キロほどやせた。クリスチャンが眠っている間に別荘の冷蔵庫を物色できるときは運がよかった。

「ランチに連れていく努力はしよう……」クリスチャンは言い直した。官能的に伏せたまつげの奥で、熱を帯びた瞳が金色に光っている。すると突然、生き生きとした笑みが浮かび、整った唇から重々しさが消えた。彼もあのUターンを思い出しているのだ。

クリスチャンの笑みにはっとさせられ、タビーの胸に忘れられない痛みが呼び覚まされた。彼を見ているだけでつらくなる。魔法のまなざしから逃れたタビーはおののき、急に寒けと恐怖を覚えて、我が身をきつく抱きしめた。

「いいえ、けっこうよ……どうか小切手を持って出ていって」タビーは動揺を抑えて言った。

「本心じゃないだろう……あれが欲しくないというのは」クリスチャンは自信たっぷりに応じた。

そう、本心ではない。けれども、もしここで彼を拒まなければ、一生自分が許せなくなる。常識もプライドもなくしてしまう激しい欲望は身の破滅につながることを、私はこの男性から教わったのだ。相も変わらない彼の傲慢さを思い起こせば、拒むのは楽だ。何年もほうっておいて、今ごろになってのこのこと姿を現したクリスチャンは、私が十七歳のころと同じように彼を求めるものと思っている。でも、そうじゃないの？ 私の中にある欲望を彼も感じている。タビーはしぶしぶ認めた。彼はどんなときもタビーの心を簡単に読み取ることができた。

自分の弱さが怖くなり、タビーは唐突に口を開いた。「ソランジュのコテージは、デュベルネのあなたの家から近いの？」

「いや《ノン》……何キロも離れている」

「よく行くの？」

クリスチャンはいらだたしげに答えた。「いや。だが、売ってほしいんだ。フランスで家を手に入れたいのなら、仲介業者に指示して、もっときみにふさわしい物件を探させるよ」

「売却を強いる権利はあなたにはないわ！」彼がそこにいるだけでよみがえってくる生々しい感情のいっさいを否定しようと、タビーは怒りに任せて言い返した。「それに、私に何がふさわしいかを決めようなんて、いったい何さまのつもり？」

「ブルターニュ郊外のそのまた外れに家を持ってどうするつもりか、ぼくには想像もつかない。住めるかどうかも疑わしいというのに。五十年くらい前まで、避暑用のあずまやとしてしか使われていなかったというのに！」いらだちもあらわに、クリスチャンは細く長い褐色の指で豊かな黒髪をすいた。「なぜ常識で考えられない？　デュベルネの敷地はラロッシュ家だけのものだ！」

タビーは青ざめ、顔をそむけた。なぜ彼より身分の劣る人間のような気分にさせられるのか、自分でもわからなかった。

「どちらにしても」タビーの色あせたTシャツやすり切れたジーンズに貧しさを見て取り、クリスチャンはあざけりをこめて言い添えた。「きみにとってはお金のほうがずっと使いでがあると思うが」

「どうしてわかるの？　今の私について何ひとつ知らないくせに！」タビーは吐き捨てるように言った。こんなふうに見下されるのは我慢ならない。「私の欲しいものも……必要なものも、何ひとつ！」

　クリスチャンは不機嫌そうにタビーを見つめた。彼女の思いがけない頑固さに怒りをつのらせていた。以前のタビーはぼくの思いのままだったのに。「逆に、知りたくないことまで知っている」豊かな声に辛辣な響きを持たせて反論する。「虚言癖があることや――」

「いいえ。罪のない嘘《うそ》を二つか三つ、ついただけよ。あなたが私の年をきかなかったから！」自己弁護に乗りだした彼女の頬は熱く燃えていた。

　クリスチャンは軽蔑《けいべつ》しきった表情をタビーに向けた。「それに、自分の行動に責任もとれず――」

「黙って！」半オクターブ高い声でタビーは遮った。

「欠点を指摘されると今でも取り乱す――」

「あなたは自分が完璧《かんぺき》だと思っているの？」タビーは怒りに胸を上下させながら非難した。

「いや、完璧じゃなかったよ、かわいい人《マ・ベル》」クリスチャンは焼けつくような瞳で彼女の怒った顔を見すえた。

「だが、ぼくはどんなに旺盛《おうせい》なときでも、同時に二人の愛人を持ったことはない。ぼくがパリにいる間、きみはハーレーのバイク乗りとたわむれていた。あれは、さもしく、ふしだらな行為だ……見過ごせるような微罪じゃない」

静かな空気は、満ちあふれる敵意に震えていた。

タビーは信じられない思いで目を見開き、彼の引き締まった力強い顔を見つめた。「もう一度言って……私は……どんな男性とも、そういうことはしていないわ！」

「見事だな。さすがは虚言癖の持ち主だ」クリスチャンは唇をゆがめてあざけった。そして、下劣な記憶に顔をしかめながら、タビーの横を大股で通り過ぎて玄関に向かった。

彼の口から放たれた言葉に唖然《あぜん》とし、タビーは居間の戸口で立ち止まった。「私が不実を働いたと、本気で思っていたの？　どうしてそう思えたの？」

「ぼくとすぐベッドを共にしたからには、ほかの男とも同じことをして当然だろう？」クリスチャンは大げさに肩をすくめた。彼のまなざしには、煮えたぎるような憎しみと、話にもならないという侮蔑がこもっていた。「お互い正直になろう……五日間と言えば、セックスなしで過ごすには長い時間じゃないか、いとしい人《シェリ》」

「ひどいことを言うのね。絶対に許さない――」

「許してほしいとも思わないね」実際、どんな小さな許しであれ、彼にとっては危険極まりないものになりそうだった。

タビー・バーンサイドは面倒の種でしかない。道徳心のかけらもない女。そういうところに惹《ひ》かれる自分をのさばらせてはいけない。彼女は小切手を受け取るに決まっている。当たり前だ。もっとも、さらなる交渉が必要なら、あとは顧問弁護士に任せよう。何しろ、ベロニクとの結婚が控えている。ベロニクは立派な女性だ。美しく正直で、信頼できる。彼女ならすばらしい妻になるだろう。やがてはぼくも父親になる。孫が生まれれば、母の精神状態も少しはよくなるかもしれない。そもそも、婚約する気になったのは、母のためではなかったか？　奔放な激しいセックス、いさかい、感情のぶつかり合いは、ベロニクとの間には生じないだろう。そのほうがいい、とクリスチャンは自分に言い聞かせた。

クリスチャンが去ったあとも、タビーの目はうつろだった。ハーレーのバイク乗り？　あのイギリス人学生、ピートのことだろうか？　ピートは友人二人と農場の近くに泊まっていた。ピッパとヒラリーが彼らと親しくなり、タビーもひと晩だけ、クリスチャンがパリに行っている間、ピートのバイクに乗って出かけたことがある。でも、それだけだ。ピートとベッドを共にしたなどと、クリスチャンに非難されるいわれはない。そんな不実なまねを私がしたなどと、なぜ彼は信じたのだろう？　あれほど彼に夢中だったのに。

またしてもタビーは時をさかのぼり、あの夏を思い返していた。村でクリスチャンを初めて見かけて心を奪われたあとは、彼との二人きりの世界をずっと夢見ていた。全員が外出してタビーひとりが農場に残るようになると、継母《ままはは》も目に見えて機嫌がよくなった。タビーは静けさを楽しみ、毎晩、青いタイル張りの広々としたプールでひとり裸で泳ぐ解放感に浸った。熱い素肌に感じる冷たい水のすばらしさは今でも覚えている。

ところが滞在二週目の初め、プールで泳いでいる最中に停電になった。タオルにくるまり、手探りでだだっ広い寝室に戻ろうとしたとき、外に車の止まる音が聞こえた。誰かが早めに戻ってきたのだと思い、タビーは戸口に出た。だが、懐中電灯を手に表のベランダに立っていたのは、クリスチャンだった。

「電気が消えたのが見えたんだ。きみはひとりきりだろうと思ってね。ぜひとも夕食を一緒にしてくれ、いとしい人《シェリ》」彼はつぶやくように言った。

「でも、停電で——」

「うちには発電機がある」

その場にたたずむタビーは、緊張で歯を鳴らし、髪からはしずくがぽたぽた垂れていた。

「私は濡《ぬ》れているし——」

「ふいてあげようか?」

「服を着なくちゃ」

「ぼくのためだとしたら、わざわざ着なくてもいいよ」懐中電灯の明かりのもと、金色に輝く彼の瞳がからかうように、タビーのほてった顔を見ている。「そのタオルは厚すぎないかい?」

「知らないと思うけど、私の名前は――」

「そんなことはどうでもいい」

「タビー」熱心な値踏みのまなざしに面食らいながら、彼女は声を震わせた。

「ぶち猫《タビー》のようにはとても見えないな。それに、思ったより小柄だ」クリスチャンは懐中電灯で彼女を照らした。「もっとも、肌はすばらしい。化粧はいらないよ。嫌いなんだ」

彼の出現は、タビーにとってすべての夢がかなったようなものだった。服を着ている間にいなくなってしまうのではないかというタビーの心配をよそに、クリスチャンは懐中電灯を彼女に渡し、車の中で待っていると告げた。

「あなたの名前も知らないんだけど」彼の車に乗りこむなり、タビーはおずおずと言った。

「知らないわけがないだろう」クリスチャンは即座に打ち消した。

あまりにも自信ありげな言い方にタビーは動揺した。「ええ……地元の人にあなたが誰だかきいたの」

「うまいことを言っても無駄だよ。そういうのは聞き飽きている。正直なほうが新鮮でいい」

「でも、あなたは知らない人だし……車に乗せてもらったりしちゃいけなかったんだわ」

タビーは語気を強めた。ふと、自分には彼の相手が務まりそうにない気がしたのだ。

「ぼくのほうは、もうきみをよく知っている気がするよ、かわいい人《マ・ベル》。この四日間、毎晩きみが裸になってプールで飛び跳ねるのを見ていたんだ」

彼の意外な告白を聞いて、タビーはショックにあえいだ。「なんですって？」

「取りつくろう必要はない。度胸と冒険心のある女性には一目置いている。自分の欲しいものがわかっていて、それを追い求める女性もいい」クリスチャンはかすれた声で言った。

「単純な手は案外効果的だ……だから、ぼくもこうしてここにいる」

タビーは驚きと恥ずかしさを覚えつつも、泳ぎが彼の気を引くための大胆な作戦だと思われていることに気づいた。おまけに彼はそれを評価しているらしい。だったら下手なことは言わずに、積極的な女性のふりをしていよう。彼女はふとそんな誘惑に駆られた。プールは壁に囲まれているのに、どうして見えたのかとか、よくそんな卑しいまねができるわねとか、なじったりはしなかった。彼に近づきたくて私が精いっぱい努力していたと受け取るなんて、あきれるほど自己中心的な考えだと思ったものの、タビーはあえて逆らわなかった。

クリスチャンのことでは、これがそもそもの間違いだったのだ、とタビーが気づいたのはずっとあとのことだった。

なぜ初めてのデートでクリスチャンのベッドにたどり着いたのかは大した謎《なぞ》ではない。

信じられないほど贅沢《ぜいたく》な別荘で彼と二人きりで食事をするのはあまりにも刺激的で、ほとんどひと口も食べず、ワインを三杯も飲んでしまった。まして、十七歳の少女は誘惑上手な男性を拒む術を知らなかった。実のところ、最初のキスで勝負はついていた。クリスチャンほど、キスの巧みな男性はいなかったから。

「どうしよう……こんなにもきみに夢中だよ」クリスチャンはかすれた声で言い、ロマンチックなしぐさで軽々とタビーを抱きあげた。

継母には太りすぎだとよくばかにされていたので、クリスチャンがうなり声ひとつ出さずに抱きあげただけでも、彼に身を任せる理由になっただろう。

「なんて魅力的なんだ」

クリスチャンの言葉に免じて、タビーは初体験の痛みを隠した。彼の期待どおりに事が運ばなかったのを気づかれそうになったときは、恥ずかしさのあまり寝たふりをした。

クリスチャンの腕の中で眠った最初の夜は、彼がたびたびベッドを共にしたがらないよう願った。

真夜中、タビーがベッドを抜けだしたとき、クリスチャンが半身を起こし、明かりをつけた。「どこへ行くんだい？」

「その……帰ろうかと」タビーは口ごもって答えた。同じ部屋で寝起きしているピッパが彼女の不在を騒ぎだすのではないかと気が気でなかったのだ。

かい？」

「帰らせたくないね。だが……そうか」クリスチャンはうなった。「ぼくは何を考えていたんだ？　きみをこんなに遅くまで引き留めるとは。きみのご両親は柔らかい頭の持ち主かい？」

私の父は迷わずあなたに散弾銃を向けるわ。だが、そんなやぼなことを言えるはずもなかった。車で送るという彼の申し出を断ると、クリスチャンはひどく心配して、せめて農場の入口までついていくと言い張り、タビーを困惑させた。

「明日、朝食のときに会えないかい？」

「お昼ならなんとか――」

「なんとかだって？　ぼくはその程度なのかな？」月明かりの下で哀れっぽくほほ笑んでみせるクリスチャンはあまりにも魅力的で、彼のもとを去るのは肉体的な苦痛さえ伴った。

窓をよじのぼってピッパと共用の寝室に戻ったとき、案の定ピッパはまだ起きていた。

「どうかしてるわよ」友人は小声で憤った。「派手なスポーツカーの男の人と一緒だったんでしょう？」

「どうしてわかったの？」

「あなたが彼と抱き合っているのを二階の窓から見ていたのよ！　あなたのことが心配で、親に言ったほうがいいかどうか、死ぬほど悩んだんだから」ピッパは腹立たしげに親友を責めた。「いったい何に取りつかれちゃったの？　もう二度と私をこんなふうに心配させせないで！」

本当にあの夏、私は何に取りつかれていたのだろう。タビーは恥辱と後悔にさいなまれながら思った。幸い、二度とあんな無茶はしなかった。タビーの行為に心を乱されたピッパは、ジェンの部屋に移っていた。友人に見放されたタビーは傷ついたが、クリスチャンに背を向けるほどではなかった。彼への欲求に身を焦がし、全身全霊で彼を愛した。ほかの誰も、何もかも、どうでもよかった。彼のためだけに生きていた。彼と離れていることの多い昼間は柩《ひつぎ》の中の吸血鬼さながらに眠り、夜になると生き返って秘め事に身を任せた。

タビーは今、クリスチャンが置いていった小切手を見つめていた。怒りの涙がこみあげ、ぎこちない手つきで小切手を細かく引きちぎる。彼がコテージにいくら払う用意があったのか、確かめる気もしなかった。クリスチャンは私にフランスに来てほしくないのだ。でも、すでに準備は整っている。傲慢にも、彼は私を操り、思いのままにしようとしている。誰とでもすぐにベッドを共にする女だなどと、よくも面と向かって言えたものだ。裏切ったのは彼のほうなのに。でも、クリスチャンは私に忠誠を誓ったわけではない。信じがたいほど美しいパリジェンヌのことは話してもくれなかった。

やはり、ソランジュのコテージを心ゆくまで使わせてもらおう。それが、あの優しい女性への追悼になる。悲しいことに、生存中はあまりよく知り合えなかったけれど。

この夏が終わるまでに、デュベルネ近辺の環境が息子との新生活にふさわしいかどうか、じっくり検討しよう。ただ、クリスチャン・ラロッシュにはいっさいかかわらないほうがいい。そうでなくても、彼にはさんざん悲しい思いをさせられたのだから。

3

年のころは三十で青い目に金髪、魅力的な笑みをふりまく痩身《そうしん》の男性。それがショーン・ウェンデルだった。用事がすんだあとも、彼は町の駐車場までタビーに付き添った。だが、腕時計を見るなり、彼はうなった。「ここで失礼させてもらうよ……顧客と約束しているので」

「私のことはおかまいなく。とても助かったわ。それにコーヒーをごちそうさま」タビーは温かみのある声で応じた。会ってみると、叔母のかつての同僚は地元の情報に通じた、頼りがいのある人物だった。

　遅刻しそうだというのに、ショーンは荷物でいっぱいの古びたワゴン車までついてきて、タビーが運転席に乗りこむのを見守った。

「いいね、車から荷物を下ろすときはひとりでやらないように。ぼくが今晩行って手伝うから」

「ご親切は本当にありがたいけれど、自分で積んだ荷物だもの、自分で下ろせるわ」愛《め》でるようなショーンの熱いまなざしに頰を染めながら、タビーは彼に手を振って車を出した。いい人ね。でも、友だち以上に親しくするつもりはないことをわかってくれたらいいんだけれど。

六月の暖かな午後。時計の針は四時をまわったところだ。ショーンの見事な会話力に助けられ、タビーは公証人とのやりとりを滞りなく終えた。今向かっている最終目的地までは、あと二十キロほどだ。

カンペールの町を出るとき、色鮮やかなファヤンス焼であふれる陶器店のウィンドーが見え、タビーの思いは子供のころへ飛んでいった。彼女の亡き母親は、大聖堂で知られる町の名物になっていた手塗りの優美な陶器を集めていて、毎年、新しい器がキッチンの戸棚に加わった。父親が再婚し、新居に移ってすぐ、継母《ままはは》のリサはこの収集品をはじめとして先妻を思い出させるものは何もかも処分した。例の事故で父親を亡くしたあと、タビーは両親の形見がひとつもないことに気づき、愕然《がくぜん》としたものだった。

ブルターニュに差しかかると、フランスに家を持つのが母親の最大の夢だったことをタビーは思い出した。そして、静かな田舎道を美しいオークの森が隔てた先にコテージをようやく見つけたときは、目に映るものすべてを喜びたい心境になった。

新しい我が家は半分木造で、平屋に小さな二階がついていた。玄関を入ったところが大きな部屋になっていて、絵に描《か》いたような御影《みかげ》石の暖炉があり、天井の梁《はり》がむきだしになっている。個性に富んだ部屋だわ、とタビーはほほ笑んだ。だが、キッチンに目をやって、笑みが少し薄らいだ。石造りのシンクと、一度も火をつけたことがなさそうな古びたこんろがある。洗面所にも最低限の設備しかない。しかし、一階の奥の部屋はうれしい驚きだった。古風だが、日当たりのいいサンルームになっている。仕事用のアトリエとして使ったらすばらしいに違いない。

それからタビーはオークの階段をのぼっていった。ひさしのついた部屋が二つあり、彼女はそれぞれの窓の掛け金を外して新鮮な空気を入れてから、また階段を下りて庭へ出た。

そこからは見事な田園風景や果樹園、きれいな小川が見渡せた。ジェイクのすてきな冒険広場になりそうだ。ひととおり見てまわると、この遺産を現実的な視点で検討していった。〝避暑用のあずまや〟というクリスチャンの表現は、腹が立つほど正確だった。セントラルヒーティングも、機能的なキッチンもバスルームもない。数少ない家財道具を補う家具が備わっていることを願っていたのだが、サンルームに柳細工の椅子が一対ある以外、何もない。もっとも、屋根も壁も頑丈そうで、光熱費は大してかからないだろう。相応の収入が得られるようになれば、もう少し住みやすく改善できるに違いない。

上々の気分で木陰に座り、トマトとハムを挟んだフランスパンとミネラルウォーターで空腹を満たす。どちらもカンペールで買ったものだ。それからショートパンツとTシャツに着替え、今晩泊まる部屋の掃除に取りかかった。

一時間後、床と壁をすべて磨き終わり、ワゴン車からベッドを下ろした。上まで運ぶのは楽ではなかったが、なんとかやり遂げ、残るエネルギーを使ってマットレスを引きあげようと奮闘しているところへ、玄関のドアをノックする音が聞こえた。

階段の曲がり口にマットレスを無造作に押しこみ、自らの体で固定しながら、タビーは息をついた。そして首を巡らし、訪問者を確かめようとしたが、無理だった。「どなたかしら？」手伝いを申し出てくれたショーン・ウェンデルであることを祈りながら、タビーはまだ見ぬ訪問者に声をかけた。

「ぼくだ……」フランス語なまりのある英語で、恐ろしく冷ややかな男性の声がゆっくりと答えた。

「クリスチャン……」

タビーは驚きのあまり、小さく悪態をついた。今まで一度も口にしたこともない汚い言葉に、彼女は思わず身をすくめ、顔から火が出そうになった。それにしても、クリスチャンときたら、よくこんな間の悪いときに来たものだ。

コテージの中に入ったクリスチャンは、黒髪の頭を誇り高く傾けて二階を見あげ、タビーが男性と一緒ではないかと怪しんだ。「今すぐ下りてきて、ぼくと話すつもりはないのかい？」

タビーは罠《わな》にはまったような気分で、マットレスを必死に押さえながら、クリスチャンの姿を視野にとらえようと精いっぱい身を乗りだした。その動作が最悪の事態を招いた。タビーはマットレスもろとも、ぞっとするようなスピードで階段を滑り落ちた。慌てて叫んだところで、間に合うはずもない。重いマットレスは階段の下にいるクリスチャンの膝を直撃した。彼はたちまちバランスを崩し、前のめりにマットレスの上に倒れこんだ。驚くタビーの顔の両側に手をついてわずかにかばったものの、百九十センチの堂々たる体が命中する衝撃はすさまじく、彼女は一瞬息ができなくなった。

「なんてことだ《ジュッタロール》！」クリスチャンは憤然としてタビーを見下ろした。

数秒前、タビーは空飛ぶ絨毯《じゅうたん》に乗ったアニメーションの主人公よろしく階段を滑り下り、目の焦点も合わないありさまだった。マットレスが静止した今、彼女は宝石の原石のように輝く金色の瞳を見つめていた。クリスチャンの男らしい顔はどんな女性の心をも奪わずにはおかない。改めてその端整な顔だちに驚嘆する一方、のしかかる彼の重い体の下で、タビーは緊張していた。強烈な何かが痛いくらいに胸の中でふくらみ、喉が締めつけられて口の中が乾く。体にしみついている記憶が次々に押し寄せ、あの夏の感覚がすさまじい速さでよみがえった。

無意識のうちに、タビーはクリスチャン特有のなつかしいにおいをかいでいた。男らしい熱気がシトラスを思わせる異国情緒豊かな香りを強めている。ただそれだけで彼だとわかるなじみ深い刺激に、彼女は深く心を揺さぶられた。引き締まった浅黒い顔を探るように見て、直線を描く漆黒の眉、まっすぐな鼻、太い頬骨、頑固そうな顎の線へと視線を移していく。そして再び、吸いこまれそうな彼の瞳と見交わした。下腹部がゆっくりと危険なリズムを刻み始める。Tシャツの下では胸の先がふくらんで張りつめ、恥ずかしいほど突き出している。こんな状態は歓迎できない。クリスチャンの魅力に今なおこれほどまで影響されるのは好ましくない。自覚しつつも、連鎖反応のように五感が騒ぎだし、もはや抑えようがなかった。

タビーは震えていた。心ならずも腰を浮かし、ほっそりした太腿を開き、昔なじんだ動きに備えて彼を受け止めやすくする。いくら正気に戻ろうとしても、体の芯《しん》はうずくのをやめない。

「いったいこれはなんの遊びだ?」クリスチャンは憤りの声をあげた。体を貫く熱い興奮を断ち切って体を浮かし、タビーから離れる。

タビーははっと我に返り、次の瞬間、笑いの発作が生じた。マットレスを階段から滑らせて彼を突き飛ばしたのが何かの演出ではないかと疑われたと知って、急におかしくなったのだ。マットレスに倒される前のクリスチャンがどんなに重々しく威厳に満ちていたかを思い出すと、もはや笑いはこらえようがなかった。

「そんなにおもしろいのか……ええ?」クリスチャンは信じられない様子でうなった。

「お、おもしろくない?」タビーは喉を詰まらせながらきき返した。

その一瞬後、熱く飢えた唇が素早くタビーの唇をふさぎ、ヒステリックな笑いを封じていた。彼のキスは悩ましい誘惑そのものだった。ほぼ五年ぶりに、熱くしびれるような興奮がタビーを襲った。めまいがして息が詰まり、狂おしい欲望の波がタビーの体をのみこむ。現実世界との糸はそれを最後にぷつりと切れた。彼のたくましい体に腕を巻きつけ、両手で広い肩をなぞる。そしてシルクのような贅沢《ぜいたく》な黒髪に指をうずめて抱き寄せた。

だが、クリスチャンは再びタビーから体をもぎ離した。

「クリスチャン?」

「だめだ《ノン》……」クリスチャンは荒い息をしながら、燃え立つ金色の瞳でタビーを見下ろした。彼の紅潮した肌は彫りの深さを強調し、引き締まった顔のどの線にも激しい緊張が表れている。力強く一気に立ちあがったものの、タビーから一歩身を引くだけでも、あらん限りの意志の力を動員しなければならなかった。クリスチャンはそのことに怒りとショックを覚えたが、とりわけ心を乱されたのは、たった今、彼の恐るべき自制を粉砕したものの正体に気づいたからだ。そう、タビーのかすれた笑い声だ。それを聞いた瞬間、彼はあの遠い夏の日に連れ戻されていた。

聞いているだけで楽しくなる、あのわき立つような笑い声。ぼくは決して忘れない。時と場所をわきまえずにくすくす笑う子供っぽい癖も、暗い気分を引き立てる魔法のような力も。孤独を好む皮肉屋のクリスチャンでさえ、タビーのあの温かさ、惜しげもなく注ぐ愛には素直に浸れることができたのだ。

そこで彼は現実に返り、硬く官能的な唇を引き結んだ。彼女がささげたような愛にはなんの価値もない。彼女が提供するベッドは極上だったが。彼は内心苦笑しつつ、自分に念を押した。

「なぜ私に触れたの？」タビーは声を震わせてとがめた。

「なぜだと思う、いとしい人《シェリ》？」深みを帯びたセクシーな声がタビーの張りつめた背中をおののかせた。

「いけないわ。昔ならともかく」荒々しい風に吹かれる木の葉のように震えながら、タビーは手をついてマットレスから立ちあがり、クリスチャンに背を向けた。膝はぐらつき、むさぼられた唇は腫《は》れてひりひりしている。あのたくましい腕の中に戻って何度もキスを味わえるなら、ほかには何もいらない。そうすれば、過去の恐ろしい失恋の痛みも悪夢から覚めるように消えてしまうだろう。

でも、私をもてあそび、一夜限りの相手と同じようにあっさり捨てた男性に、そんな思いをいだいてはいけない。というより、今も心の奥にたまっている彼への感情や、自分のもろさに向かい合うのが恐ろしい。プライドも理性もないとわかるのが。

「私が今日来るとどうしてわかったの？」問いただす一方で何かせずにはいられず、タビーは身をかがめてマットレスを無造作に立て直そうとした。

おそらく、私が公証人からコテージの鍵《かぎ》を受け取る約束をしていると知った誰かが、マティルド・ラロッシュに伝えたのだろう。取り乱した母親は、仕事中のクリスチャンにそのことを告げ、彼がここへ駆けつけた、というのが真相に違いない。

「遺贈された物件を見たい気持ちはわかる」クリスチャンは努めて穏やかに言った。「興味を持って当然だ。だが、ここに住むつもりとはね。正気とは思えない」

「どうしてそう思うの？」

「本気かい？　ここは住めるような家じゃない！」クリスチャンはにべもなく言った。

彼が着ているシルクのビジネススーツは流行の黒いピンストライプの柄で、仕立てもすばらしく、広い肩や細い腰、長く力強い脚を引き立てている。まさにゴージャスとしか言いようがない。タビーはいつしかクリスチャンに見入っていた。その熱心なまなざしに彼は頬を赤くして、いぶかしげに片方の眉を上げた。

それを見てタビーはクリスチャンから視線をそらし、大きくて扱いにくいマットレスの一角を階段のいちばん下の段に引きあげ、期待をこめて彼を見やった。「手伝ってくれる？」

クリスチャンの眉間《みけん》に、困惑の溝が刻まれた。

「まあ、一日じゅうオフィスにいたんじゃ、そんな体力はないでしょうね」

不意にクリスチャンが口もとに笑みを浮かべた。浅黒い顔が柔和になる。「ぼくがそんな初歩的な挑発に乗ると思うかい？」

わけ知りの笑みはあまりにも魅力的で、タビーは息をのんだ。クリスチャンは力強い手をマットレスにかけ、軽々と持ちあげて階段をのぼり、タビーを手こずらせた階段の曲がり口も楽々と通過した。タビーが寝室の戸口にたどり着いたときには、彼はマットレスを組み立て済みの枠の上にのせていた。

「このベッドはどこで見つけてきた？　ごみ捨て場かい？」

「古いけど、しっかりしているわ」ベッドが捨てられる寸前の代物だったことを、タビーはあえて言わなかった。ワゴン車の中の家具や家庭用品のほとんどは、叔母の家の屋根裏と車庫にあったもので、今回、家を貸すために処分されることになっていたものだ。

「あなたがここへ来た理由をまだ聞いていなかったわね」クリスチャンに言いつつ、タビーは部屋の隅にある段ボール箱の上に身をかがめ、折り畳まれたシーツを引っ張りだした。

クリスチャンは広げられたシーツを見て、ほんの少し色の違う布で丁寧に繕われていることに気づいた。今の世の中で、まだリネン類に継ぎを当てて使う人間がいるのだろうか？　彼は自分で認めたくないほどショックを受けていた。蝋燭《ろうそく》の明かりのそばにシンデレラよろしく座っているタビーの姿がおぼろげに浮かんでくる。いつになく想像が過ぎる自分にいらだち、彼はばかにしたようなしぐさで両手を広げた。「そんなふうにエネルギーを無駄にして何になる？　どうせここには住めない――」

「あなたはね」タビーは彼を遮り、シーツの四隅を折りにかかった。少なくとも手を動かしている間は、片思いの女子学生のようにクリスチャンに見とれることはない。「贅沢ができないと途方に暮れるでしょう。でも、私は喜んで昔ながらの暮らしを――」

「それはダブルベッドだな……誰と使うつもりなんだ？」クリスチャンは唐突に問いただした。

朝いちばんに上掛けの下に潜りこみ、小さな温かい体を寄せてくるジェイクの姿がタビーの脳裏をよぎった。息子のことを思うだけで緑色の瞳がやわらぎ、みずみずしい唇は甘くほころんだ。

クリスチャンの胸に生々しい怒りが燃えあがった。顔をこわばらせ、大股で前に出て、タビーをしげしげと見た。「デュベルネの敷地に住むつもりなら、きみのベッドにはただひとりの男しかいない。それはぼくだ……わかったかい？」

タビーは信じられない思いで背を起こし、彼を見つめた。「本気で言ってるの？」

「きみも望んでいることだろう……だからここにいるんじゃないのか？」

クリスチャンは低く喉を鳴らした。だが、その無礼な問いかけは、ガラスのかけらで柔肌を切り裂かれるのと同じ痛みをタビーに与えた。

「あの夏の続きを楽しみたいんだろう？」

自分が何をしようとしているのかも考えず、タビーは激しい怒りに突き動かされて、彼をひっぱたいた。ブロンズ色の頬にはじける指の音が、熱気のこもる静かな部屋に不自然なほど大きく響いた。「これが答えよ」

クリスチャンは不意をつかれ、一歩あとずさった。彼の瞳にショックの色が浮かぶのを見て、タビーは頬を染めた。「あなたのせいよ」引き締まったブロンズ色の手が手錠のようにタビーの手首をとらえた。「それならこちらも、二度ときみが手を出さないよう対策を講じなければね」

タビーは手を引き抜こうと試みたが、無駄だった。「あんなことを言うから、いけないのよ！」噛《か》みつかんばかりに、タビーは彼を非難した。「ここは私の家よ。よその家では礼儀をわきまえることね」

「そうしないと、客を襲うのかい？」

手首を引き抜こうとむなしい抵抗を続けながら、タビーは彼の皮肉に顔を赤らめた。

「私はあなたを追ってフランスに越してきた。どうしてもそう思いたいの？」

クリスチャンの官能的な唇の片端が、魅力的に上がった。「もしかしたらきみにつかまりたいのかもしれないな、いとしい人《シェリ》」

「でも、もうあなたとかかわりになるのは――」

「いや《ノン》？」クリスチャンはささやきながらタビーをさらに引き寄せた。

「ええ……」タビーはすかさず答えたが、胸の鼓動はいよいよ大きくなった。

「ぼくだって、礼儀正しくしようと思えばできる」

「いいえ、あなたは私のそばでは――」

「熱くなる。ぼくの天使《モナンジュ》」彼女の片手を放し、もう一方の手を持ちあげると、クリスチャンは頭を下げてピンク色の小さなてのひらに唇を押し当てた。

じらすような熱い感触に、タビーの体に震えが走った。今また、時が逆行していく。体の芯がほてり、とろけるのを感じて、彼女は思わず太腿を閉じた。すでに欲望は甘くふくらみ、羞恥心《しゅうちしん》が胸を貫く。彼と同じく、私も欲望に駆られている。かつてはそれが喜びとなり、発見となった。自分たちは似合いのカップルだと信じていた。だけど、今は違う。熱い血が体を駆け巡ることに怖さを感じる。こうなるのは、自分の弱さのせいだ。耐えがたいほどにつのる恋しさに身をすくませながら、タビーはうつむく彼の黒い頭に不安げなまなざしを注いだ。「こんなことしないで……」

「しないでって、何を？」クリスチャンはかすれた声でき返した。「これかい？」

タビーの髪にもう一方の手を差し入れて顔を上向かせ、唇を彼女の下唇へと滑らせる。温かな息が肌にかかり、タビーは身を震わせた。

「それとも……これかい？」

自ら開いた唇をむさぼられ、タビーはびくっとしてうめいた。彼の唇が離れたとき、今度は物足りなさに身を震わせた。

「何が欲しいのか言ってくれ、いとしい人《シェリ》」

タビーの手は勝手に伸び、彼の黒い髪の中にうずもれた。爪先立って背伸びをし、どうしても唇を重ねたくて、彼の顔を引き寄せる。クリスチャンはうなり声と共に彼女の体を引きあげ、唇を奪った。それから大きく一歩前に出て彼女をベッドに下ろした。しかし、彼女をマットレスに押さえつけた瞬間、枠がゆるみ、二人は床にたたきつけられた。

クリスチャンは悪態をつき、マットレスから急いでタビーをすくいあげた。彼女の細い体をかばうように抱いたまま、戸口のほうへあとずさり、恐ろしい勢いで解体したベッドを眺めた。

「忘れていたわ……枠をねじで留めなくちゃいけなかったのよ」タビーはうろたえ気味につぶやいた。

「けがはないね」クリスチャンは彼女を立たせた。

「運がよかったわ……ばかなことをしないですんだから」タビーはきつい口調で言いきった。

そのとき、階段のほうから足音が響き、聞き覚えのある声がかかった。「タビー？　大丈夫かい？　玄関のドアが開いていたので入らせてもらったら、急にものすごい音が聞こえたもんでね」

タビーの豊かな唇が安堵《あんど》の笑みでほころんだ。クリスチャンからさっと離れ、階段のほうへ向かう。「ショーン……大歓迎よ。遠慮なくあなたを利用させてもらうわ。ドライバーの扱いは上手？」

クリスチャンはにやけた髭面《ひげ》の若い男を見て、階段から蹴《け》り落としたい衝動に駆られた。

「工具箱は持ってきたけどね……」ショーンはクリスチャンの横を通りながら言った。

クリスチャンは自分でもたじろぐほどの怒りを覚えた。いったいこの男はどこのどいつだ？

「ショーン……あの、こちらはクリスチャン」

どちらの男性も握手を求めなかった。ぎこちなく、しかし故意に気軽な会釈を交わしただけだった。

クリスチャンの前ではショーンも小さく見える。タビーはそのことを意識するまいとした。

「ベッドはぼくがなんとかするよ……任せてくれ」ショーンは断言し、静かに口笛を吹き始めた。

「下で話をしたいんだが」

クリスチャンに耳もとでささやかれ、タビーはほっそりした背中をこわばらせ、彼のあとに続いた。

「口笛を吹いているあの便利屋もこのコテージに住むのか？」クリスチャンは単刀直入に

尋ねた。

タビーは身構えた。「あなたには関係ないわ」

「それなら上に戻ってあの男の首をへし折ってもいいんだな?」クリスチャンが鋭く言い返した。

タビーはまさかと思いつつも、青くなった。

「ぼくは正直に話している。どんな男もきみの近くにいてほしくない。あの男は誰なんだ?」

燃えるような瞳を見て、タビーの口の中がからからになった。「なんの権利があって――」

クリスチャンは素早く階段のほうへ歩いていった。「本人に直接きこう」

「やめて!」タビーはぞっとして叫んだ。「彼は私の叔母の友だちで、こっちに住んでいるの……彼とは今日会ったばかりなのよ」

このコテージに足を踏み入れてからのクリスチャンは何をするにも、何を言うにも、まったく理性に従っていなかった。だが、訪問者がただの知り合いだとタビーが認めたので、わけのわからない怒りはなんとかおさまった。

タビーはコテージを出て、脇《わき》に止めてあるシルバーのフェラーリのところまで行った。

「帰ってほしいの……もう戻ってこないで」

「ぼくに嘘《うそ》をつくんじゃない」

タビーは拳《こぶし》を握りしめ、自分の弱さと必死に闘った。「この家は売らないわ。私はここにいるつもりよ……あなたはそれだけ知っておいて」

「ここに住む目的は、ぼくと熱い夜を過ごすためだろう?」クリスチャンはただ前に足を踏みだすだけで、タビーを車のフェンダーまで追いつめた。彼女の背中が日に焼かれた金属に触れる。「今、答えるんだ」彼は感情をむきだしにした低い声で命じた。

「いやよ……」金色の光を帯びた熱い瞳に魅せられ、タビーはうつろに彼を見返した。奔放でみだらな感覚が体の中でわき立っていた。

「本心を言うんだ」クリスチャンは強く促し、彼女が体を弓なりに反らしてもなお、迫る構えを見せた。

不意に玄関のドアが閉まる音があたりに響き、二人はとっさに離れた。

ショーン・ウェンデルが詫《わ》びるように顔をしかめてタビーを見やった。「ごめん……風のいたずらだよ」

「小ざかしい男だ」クリスチャンは怒りを抑えきれず、脅しをこめて吐き捨てた。

頬を紅潮させ、タビーは無言でその場を去った。クリスチャンのほうを振り返る勇気はなく、踵《きびす》を返すだけでも、並外れた意志の力が必要だった。

フェラーリが走り去ると、ショーンは目をくるりとさせた。「きみたち二人を見て勉強になったよ」

「私と……クリスチャンを見て？」タビーは眉を寄せた。「なんのこと？」

「これほど強烈に惹《ひ》かれ合うカップルは見たことがない」ショーンはうっとりとして言った。「ぼくは長くつき合っていた女性と別れた直後でね。何が欠けていたのか今わかった……熱い炎……離れていても感じる熱気だ」

今日初めて会ったばかりの人間が見てもわかるほど、自分があからさまにクリスチャンに応《こた》えていたのかと、タビーは我ながら驚き、決まり悪さにみるみる頬を紅潮させた。

「誤解よ」

「いや、そうは思わないな。でも、よけいなお世話だということはわかるよ」気さくな笑顔でショーンはワゴン車から次に何を下ろしたらいいか尋ねた。タビーが指差したのは、ジェイクの部屋を魅力的に見せようとして買った新しい家具だった。

二時間後、車の中はからになった。タビーは再びひとりになり、シンクと鍋《なべ》を上手に使って髪と体を洗った。古びたベッドに潜りこむときも、頭の中はまだクリスチャンのことで占められていた。心細いときは、つい過去へと思いが飛んでいく。彼女は、ハッピーエンドのおとぎばなしが壊れ始めた瞬間を突き止めるために、過去をさかのぼっている気がした。

休暇の三週目が終わり、クリスチャンと過ごすようになって一週間が過ぎたころ、彼の友人のベロニクが訪ねてきた。クリスチャンは電話中で、タビーは彼の膝に頭をのせてまどろんでいた。今でも覚えているが、ふと目を上げると、麻でできた流行のベージュのドレスをまとった美女が、まぶしい笑みを浮かべて戸口に立っていた。ベロニクは美しい黒髪を風になびかせ、親しげに手を振った。

あのころの彼女はとても感じがよかったわ。当時を思い返し、タビーは顔をしかめた。ベロニクはその外見だけで、わずか十七歳だったタビーの信用をいとも簡単に勝ち取ったのだ。

「エロイーズかと思っていたわ……こんなこと言ってはなんだけど」クリスチャンが席を外すなり、ベロニクは長年の親友であるかのようにタビーに耳打ちをした。「クリスチャンにはぜひ違う女性とつき合ってほしかったの。あなた方、とても幸せそうだわ！　どうか、エロイーズの話をしたことは彼には内緒にしてね。でないと困ったことになるから」

クリスチャンの幼なじみがタビーに最初の疑惑と不安の種を植えつけるのに三十分とかからなかった。彼とまだ関係が続いているとベロニクが思いこんでいたゴージャスなパリジェンヌのことを、タビーはさっそく聞かされた。狡猾《こうかつ》な黒髪の女性は、彼との関係に役立ちそうな知恵も授けてくれた。

〝クリスチャンはべたべたされるのが嫌いなの〟

〝彼以外のボーイフレンドの話をすることね……彼、大の負けず嫌いだから〟

〝女性に関しては、熱しやすく冷めやすい人なの〟

むろん、いくつかつぼを押さえた質問で、二十一歳の美大生というタビーの仮面をはがすのもベロニクにとっては造作もなかった。今までクリスチャンにばれなかったのは、彼が詳しいことを尋ねてこなかったからだ。どうして、私は自分の身の上を偽ったのだろう？　今、タビーはみじめに自問した。初めて彼と言葉を交わしたとき、はずみで嘘をつく前に、なぜもっとよく考えなかったのかしら？　フェラーリと夢のような別荘を持つ男性が、学校を出たばかりの十七歳の女の子とデートをしたがるとは思えなかった。だから想像力を働かせて、四年後にはそうなるはずの自分になりすましてしまったのだ。だが、最初に作り話をしたあとは、特に芝居をしなくても、現実に深く根ざした関係を楽しめた。

クリスチャンが仕事でパリに出かけた最後の週まで、二人は一日たりとも離れなかった。タビーがどこで何をしているのか気にする者もいなかった。父親は若い妻の癇癪《かんしゃく》に悩まされて二日酔いになるか、酔いが覚めてまた深酒を始めるかのどちらかだった。リサのせいで地獄と化した休暇を上べだけでも楽しくしようと、友人たちは狂ったように遊びまわっていた。タビーが毎日毎晩、農場に残りたがるのは継母を避けるためだけではないことは、十代の子供たちだけが知っていた。

「私の何がいちばん好き？」ある夜、タビーは夢心地でクリスチャンに尋ねた。

「ぼくがきみの何かを好きだとどうしてわかる？」

意地悪な返事にタビーが彼の脇腹をたたくと、クリスチャンは笑い声をあげ、それからはっとするほど真剣な口調で言った。

「きみが自分と違う何かになろうとしないところだよ。きみは自分に嘘をつかない。そこがいい……」

タビーは満面の笑みを浮かべたが、彼の言葉に恐れおののくのが本当だったと、あとになって気づいた。正直と誠実を重んじる男性が、実際以上に大人で洗練された人間に見せるために嘘をついた十代の女の子に感心するとは思えない。そうして休暇が終わりに近づくにつれ、タビーはひどく不安になった。クリスチャンがしだいによそよそしくなり、彼女との関係に飽きてきたのではないかと思えたからだ。

「彼が私から離れていく気がするんです」谷間のもっと先にあるソランジュの別荘を二度目に訪れたとき、タビーは泣きそうな声で老婦人に打ち明けた。

「クリスチャンは物事を深く真剣に考えるたちですからね」彼の大伯母は慰めた。「複雑な男性は理解しがたいものよ。ましてあなたたちの若さではね」

その数日後、タビーが年齢をごまかしていたという不名誉な事実が偶然、ベロニクの口から明らかにされた。クリスチャンは逆上し、尋常でない怒りを爆発させた。もっとも、タビーにとって最大の屈辱は、クリスチャンがようやく彼女の家族に会う決心をして、いきなり農場へやってきたときかもしれない。リサはプールからトップレスで上がってきて彼とたわむれ、酔った父親とけんかになった。クリスチャンはいやに礼儀正しく、控えめだった。嫌悪感を隠しているのは明らかで、タビーは恥ずかしくて穴があったら入りたかった。

タビーが年齢を偽っていたことに憤然として車に戻ったクリスチャンに、タビーは必死の思いできいた。「まだ私はほうっておかれるの?」

「事を急ぎすぎたよ。充分に考えてみないといけない」クリスチャンは重い口を開いて言い、差しだされたタビーの唇を奪ったあと、冷ややかな表情に戻ってつけ加えた。「きみのいないところで」

「私がいつまでも待っていると思わないで!」震える声でタビーは警告した。彼のよそよそしさと、厳しく自制している様子が不安でならなかったのだ。

クリスチャンは、淡々としたまなざしを彼女に向けた。「なんて少女っぽい話し方だ。この目で見ればわかることを、ほかの誰かに指摘されるまで気づかなかったとはね」

パリに行ったクリスチャンは電話も葉書もよこさなかった。エロイーズとよりを戻しに、彼女がモデルの仕事で滞在しているロンドンに向かったのではないか、とベロニクは言った。彼の沈黙に苦しんだタビーは、この休暇で初めて友人たちの輪の中に飛びこんだ。胸が張り裂けそうな思いを顔には出さないよう気をつけて。次にクリスチャンと会うのが、あの恐ろしい悲劇の直後になるとは夢にも思わなかった。病院の待合室の中では、どんな私的な気持ちも言葉も差し挟む余地はなかった。

シャワーを浴びて濡《ぬ》れた腰にタオルを巻き、クリスチャンは寝室の高窓のひとつを見るともなく眺めた。デュベルネ城の正面に連なる窓は、建物に古風な美を添えている。

代々受け継がれたこの城を囲むなだらかな草原の端に、タビーがいる。そう思っただけで落ち着かなくなる。タビーをショーンという髭面の訪問者と二人きりにしてきたことに、クリスチャンは思い至った。あの男は彼女に惹かれている。タビーの人なつこさを誤解して、誘惑されていると思ったかもしれない。タビーの身が危ういと、なぜすぐに気づかなかったのか。ぼくが去れば、異常者かもしれないあのにやけた便利屋は彼女をどうにでもできるのだ。クリスチャンはタオルを投げ捨て、服を着始めた。

コテージは、一階にも二階にも淡い明かりがともっていた。車から飛びだすや、クリスチャンは道をのぼり、節くれだった木のそばで立ち止まった。幹の穴の中を探ってほこりまみれの鍵を取りだし、顔をしかめつつ元の隠し場所に戻した。それから決然と顎を上げ、大きな音を響かせてコテージのドアのノッカーをたたいた。

4

ノッカーの音が響いたとき、タビーはサンルームから持ちこんだ柳細工の椅子に座ってまどろんでいた。

タビーは飛びあがらんばかりに驚いて目を覚ました。こんな夜ふけに、誰が訪ねてきたのだろう？　出ていくべきかしら？　緋《ひ》色のナイトドレスしか身につけていなかったので、彼女は椅子にかけておいた色鮮やかなかぎ針編みのパッチワークの膝掛けで体をくるんだ。

クリスチャンだった。そよ風に黒髪を乱し、金色に輝く瞳でタビーを見つめている。彼女の鼓動はやかましい音をたて、胃がきゅっと締めつけられた。

「なぜ戻ってきたの？」タビーは震える声で尋ねた。

クリスチャンにとって、その理由は考えるまでもなかった。離れていられないから戻ってきたのだ。彼は玄関のドアを閉めると、色鮮やかな膝掛けに手を伸ばし、細い肩からゆっくりと外していった。

「クリスチャン？」不安げな声でタビーがきく。

吐息をもらしながら、クリスチャンは彼女の悩ましい体の線に視線を注いだ。こみあげる欲望が彼をとらえて放さない。コットンのナイトドレスがタビーの太腿や豊かな胸をかたどり、薔薇《ばら》色に突き出た胸の先端は、薄い生地では隠しきれない。目の前にある体に触れ、味わい、ぼくと同じように、欲望のとりこにしたい、と彼は思った。「ショーンがまだここにきみといたら……あいつの手足を残らずもぎ取っているところだ」穏やかならざる声で認める。

再び膝掛けを体に巻きつけるタビーの手は震えていた。「私は誰とでもベッドを共にする女じゃないわ……今までも、そしてこれからも。彼がまだここにいるなんて想像する権利はあなたにはないわ。たとえ彼がいたにしても、あなたが気にすることではないでしょう――」

「だが、気にすることにしたんだ、かわいい人《マ・ベル》」

よくないと知りつつ、タビーは彼を見あげた。彼のくすぶるような熱い視線に、体じゅうに警報のベルが鳴り響いたが、それでも一歩も動かなかった。というより、動けなかった。この四年あまり、タビーはジェイクのよき母親となり、美術大学で単位を取ることに全エネルギーを注いできた。子供の養育と学業の両立を図るには、パートタイムの仕事をしながら頑張るしかなかった。だが、デートをするゆとりもないほど多忙とはいえ、私生活を犠牲にしていたわけではない。クリスチャン以上の男性が現れなかっただけだ。眉に落ちかかる黒髪、危険な光を放つ瞳、男性美を誇る体。クリスチャンをしのぐ男性がいるはずもない。

タビーは口の乾きを意識しつつ、今ここにいる現実の男性に目の焦点を合わせた。「なぜ、また私のことを気にすることにしたの？」

「さあね」おかしくもなさそうな笑い声がクリスチャンの口からもれた。「正気の沙汰《さた》じゃない……けれど、今もこうしてここにいる」

正気の沙汰ではないのに戻ってきたという言葉は、タビーの心を揺さぶった。ほんの数センチしか離れていないところに、目を奪われるほどゴージャスで男らしい彼が立っている。その事実だけで、タビーは全身がとろけそうになった。

「あなたは帰るべきよ」

「ぼくもそう思うが、帰るつもりはない」

「それは脅しなの、それとも望みなの？」タビーはささやくようにきいた。

「どうあってほしい、ぼくの天使《モナンジュ》？」

クリスチャンがそこにいることは、タビーにとって脅威でもあり、希望でもあった。今まで彼を求めなかった日はなく、嫌いになったこともない。どうして嫌いになれるだろう？　二人が離れてしまったのは、どうにもならない大きな力が働いたからだ。あの夏、互いの家族を巻きこんだ悲劇が、二人をまだ結びつけていた細い糸を引きちぎったのだ。

「私が何を望んでいるかですって?」あなたよ。欲しいのはあなただけ。いくらプライドがそれを否定しても、彼を求めていることは心に深く根ざした真実だ。「当ててみて」

瞳から強烈な光を放ちながら、クリスチャンは荒い吐息をもらした。両手を伸ばして素早くタビーを抱きあげる。自信と、有無を言わせぬ男らしい力を見せつけられ、タビーの中でたちまち欲望が目覚めた。そのあまりの強さに、めまいさえ覚えた。

クリスチャンの唇が嵐《あらし》のようにタビーの唇を襲った。とたんに彼女の体は激しく震え、心臓が飛びださんばかりに躍りだす。彼との結びつきを深めたくて、タビーは彼に体をすり寄せた。そのすばらしい感触に欲望の奴隷となったタビーを壁に押しつけ、クリスチャンは深く激しいキスをした。

途方もない努力を要したが、タビーはなんとか自分の唇を彼から取り戻した。目を閉じ、いくらかでも自制を保とうとする。「世界がまわってるみたい」彼女はつぶやいた。

いつもの優雅で確かな身のこなしとは似ても似つかぬぎこちなさで、クリスチャンは彼女を自分の大きな力強い体に抱き寄せた。あまりに強く抱きしめられ、タビーは息を吸うのもやっとだった。

「すまない……抑えがきかなくなってしまった」クリスチャンは声をきしませた。

彼の体に腕を巻きつけるタビーの心の中には太陽のような笑みが生まれていた。自制を失うのが大嫌いな彼は、お酒もグラスに一杯しか飲まない。そんな男性の抑制心を一瞬でも奪ったのは快挙と言える。本人の口からそう打ち明けられ、彼女はなおさらうれしかった。

「私はあなたといると、いつも抑えがきかないわ」悔しさも喜びもなく、ただあきらめをこめてタビーはささやき返した。

クリスチャンは原初の勝利に酔いしれた。彼女はぼくのものだ。今でも。どんな女性にも所有欲をそそられたことはないのに、タビーだけは別だった。彼女といると、なぜかいつもの自分ではなくなる。だが彼は、この難問に悩まされて時間を無駄にしたりせず、彼女をベッドの上に下ろした。傍らに立つ古い電気スタンドの明かりが、読みさしの本の上に注がれている。自分が想像力豊かな人間だとは決して思わないが、このがらんとした部屋に彼女好みのきれいな女らしい飾りつけを施したらどうなるだろう、と彼は頭に思い描いた。

クリスチャンはむさぼるように彼女に見入った。その熱いまなざしはタビーの肌を焦がし、彼女に自分が女であることを意識させた。「きみをひと目見ただけで、苦しいくらいに欲しくなる」彼はかすれ声で認め、ベッドの端に腰を下ろすと、両脚の間に彼女を引き寄せた。

クリスチャンは私にとって今でも特別な男性なのだろうか、とタビーは自問した。本当はふつうの女なのに、信じられないほどゴージャスだという目で見てくれるから？　クリスチャン本人がそうであるだけに、それはなおさら驚くべきことかもしれない。はき古したジーンズにベージュのコットンセーターという格好でも、彼ならではの落ち着きと、生まれもった洗練さがにじみ出ている。しかも、映画俳優に勝るとも劣らない容貌《ようぼう》。そんな男性が、私自身は気づいていない何かに惹《ひ》かれたのなら、それはありがたいことだわ、と謙虚に思う。

感慨に打たれて、タビーは彼を見返した。「クリスチャン？」

「きれいだよ」彼の声はかすれ、自然に波打つキャラメルブロンドの髪からゴムバンドを引き抜いた。

「私――」

「黙って」クリスチャンは彼女の髪を手ですいた。それから身を乗りだし、甘いいちごのように心をそそられる唇を奪った。

タビーは身を震わせながら体を傾け、彼のキスに応《こた》えた。膝が折れそうになり、たくましい彼の太腿に両手をつく。胸の頂が硬く張りつめ、痛いほどだ。そこを巧みに愛撫《あいぶ》される光景を想像しただけで全身がかっと熱くなり、彼女は理性も自制心もかなぐり捨てた。

「お願い……」

「時間をかけたいんだ……この瞬間を幾度思い浮かべてきたことか」興奮のにじんだ声で、クリスチャンはつぶやいた。

タビーは催眠術にでもかかったようにその場に立ちつくし、黒いまつげの奥から金色に輝くゴージャスな瞳をのぞきこんだ。彼のまつげはタビーよりも長くて豊かだ。ジェイクのように。タビーは胸を締めつけられた。息子のことを話すなら今しかない。だが、考えるだに恐ろしくなり、彼女は頭の中をからっぽにした。

クリスチャンはタビーの華奢《きやしや》な二の腕からナイトドレスの肩紐《ひも》を滑らせ、誇らしげにふくらむクリーム色の胸をあらわにした。布が引っかかるほど、その薔薇色の先端は硬くとがっていた。ナイトドレスが腰までずれ落ちると、その姿を目で大胆に愛《め》でながら、彼は荒々しい吐息をもらした。

「そんなふうに見ないで……」

タビーはあえいだ。裸身をさらし、彼を求めてただ立ちつくしている自分が恥ずかしくてたまらない。

「目をそらすなんてできないよ……あまりにも美しすぎる」クリスチャンは彼女を素早く抱き寄せ、突き出た薔薇色の頂を口に含んだ。

ためていた息が驚きと共に一気に彼女の口から吐きだされた。柔らかな唇を開き、頭を反らし、全身にはじける甘い強烈な感覚に身を任せる。それは津波となってタビーを襲い、体の芯《しん》を早くも燃えあがらせた。クリスチャンは丸みを帯びた彼女の腰に手を当て、敏感なつぼみを交互にむさぼっている。タビーはすすり泣いて彼を促した。今はこの男性のことしか、彼がつむぎだす感覚しか頭になかった。

　長い指が柔らかな胸を愛撫し、唇を何度も奪う。激しく性急なキスにタビーは圧倒された。クリスチャンにしがみつき、あえぐうちに、ナイトドレスはすっかり脱がされた。彼の指がなめらかに潤う腿の付け根をさまよい始める。そのとたん、タビーの喉から低い悲鳴がほとばしり、無我夢中で彼を求めた。クリスチャンは彼女をベッドに座らせて見下ろしながら、セーターをもどかしげに脱ぎ捨てた。

「ああ……この感触だ。すっかり忘れていたよ、ぼくのかわいい人《マ・ベル》」突き出た頬を色濃く染め、タビーに生々しい視線を注ぐ。

「私は忘れたことはないわ」

　タビーには、クリスチャンの大きく力強い体がなまめかしく感じられた。ぴったりしたジーンズを突きあげている硬いものに気づき、体の力が奪われていく。自分の裸身と、食い入るようにそれを見つめる瞳を意識して、タビーの膝が折れるや、彼はいたずらっぽい笑みを見せた。

　タビーの目は彼に釘《くぎ》づけだった。どうしても視線を引きはがせない。彼がジーンズを下ろし、トランクスと太腿をあらわにすると、タビーは恥ずかしいほどの興奮に包まれた。

「きみが欲しくてたまらない……」

　クリスチャンはうなった。フランス語なまりのあるセクシーな声が、タビーの背筋を期待に震わせる。

クリスチャンは再び彼女を抱き寄せた。初めは甘いキスでゆっくり誘おうと努めていたものの、タビーが積極的に応え始めるなり、クリスチャンは体を震わせて低くうなった。うずく矢が彼女の腰を突く。突然ベッドに押さえつけられたタビーは、荒々しい奔放なキスを受けて一気に熱くなった。クリスチャンの下で半身を起こし、激しいキスの合間に切なく彼の名を呼ぶ。胸に歯を当てられたときには、タビーは恋しさのあまり背中を弓なりに反らした。

「お願い――」

「まだだめだ。早まってはいけない」クリスチャンはかすれた声でたしなめた。

「いいえ《ウィ》……大丈夫よ」

「そうだよ……最初のときと同じだ。のぼせあがったばかな若者のように、きみに痛い思いをさせるだろう！」整った顔をこわばらせてタビーをにらみ、クリスチャンは早々に崩れかけた自制心をなんとか保とうとした。

「あれはあなたのせいじゃないわ」タビーは彼の力強い顎に慰めのキスを送った。「私は初めてだったの。恥ずかしくて言えなかったけれど」

クリスチャンは目をしばたたいた。初めて？　タビーは……処女だった？　ぼくはなぜ気づかなかったのだろう？　彼は今になって思い当たった。ぼくは心のどこかで処女だったのではないかと疑いつつ、長くうやむやにしてきたのだ、と。彼はショックを受けた。なぜだ？　重い責任を負いたくなかったから？

「クリスチャン？」

めったに覚えたことのない罪悪感をいだき、クリスチャンは意を決してタビーから離れようとした。だが、彼女の小さな手は髪の中に滑りこみ、彼の頭をなぞっている。クリスチャンはきらめく緑色の瞳をのぞきこみ、心ならずもその魅力に負けた。唇を重ねると同時に、狂おしい情熱に再び火がつき、彼は熱いサテンのような彼女の茂みをまさぐった。タビーが官能の責め苦にあえぎ、全身でせがんでいる。

「どうしてもきみとひとつになりたい……」浅黒い頬を赤く浮き立たせ、クリスチャンは我が身の下に彼女を引き寄せた。そして、彼女の湿った熱い部分を深く貫いた。

悩ましい衝撃に、タビーは一瞬身動きができなくなった。彼が自分の中にいるのがはっきりと感じられる。四年ぶりの興奮は耐えがたいほどだった。熱い血が体じゅうを駆けまわり、心臓の音がとどろく。クリスチャンは嵐のようなリズムで彼女を駆りたてた。今までにないほど高くのぼりつめ、タビーは彼の名を叫んだ。体が引きつり、わななき、限りなく甘い喜びが押し寄せる。その心地よさ、すばらしさに、タビーは涙さえこみあげた。ほどなくクリスチャンの体がタビーの上でおののくと、タビーは彼にしがみついた。四年間の仮死状態を経て、突然生き返ったようなショックに打たれていた。

生涯で最も激しく熱い潮が引いていき、クリスチャンは懸命に呼吸を整えようとした。タビーを抱いたまま寝返りを打ち、まぶしげに彼女を見下ろす。キャラメルブロンドのもつれた髪をほてった卵形の顔から優しく払う際、彼は手が震えているのに気づいた。湿った肌から立ちのぼる麝香《じゃこう》に似た悩ましい香りにタビーはおぼれ、なつかしさに酔いしれた。その一方で内なる声が叫んでいた。おまえは今、愚行を犯したのよ。

クリスチャンは彼女のなめらかな眉に唇を押し当て、細い体を自分の体の上に引きあげた。「きみとは一度じゃ物足りない」

「欲張らないで」タビーはからかった。内なる声の警告を深く考えまいと心に決め、巣に帰る鳩《はと》のごとく彼に身を寄せた。

「きみが処女だと、出会ったときに見抜くべきだった」会わずにいた四年間、彼女には悪い思い出しかいだかないよう努めてきた。その間違った記憶を、クリスチャンはようやく正し始めたところだった。

「知りたくなかったでしょう……ある意味、責任を負うことになるから」タビーは何気なくつぶやいた。

「違うんだ……」

「いえ、そうよ……そして私に飽きたんだわ」

クリスチャンの体がこわばった。「飽きたんじゃない……きみがハーレーの男と出かけたりしたからだ」

「私はただ――」

彼はタビーを自分の体から下ろした。「一生に一度くらいは、本当のことを言ってくれ」

タビーは憤慨して身を起こした。「言おうとしてるじゃない！」

「バスルームはどこだい？」クリスチャンは強い口調できいた。

「一階よ」タビーは唇を引き結び、緑色の瞳を燃え立たせた。「私はピートのバイクに乗せてもらったけど、ピッパとヒラリーも彼の友だちのバイクに乗って一緒に行ったわ。それも一度きりで、私とピートとの間には何も起こらなかった」

「ばかな《シェル》！　そんな子供だましはぼくには通用しない。きみが村でその男に寄り添っているのを見たんだ……ふしだらに！」クリスチャンは煮えたぎる怒りをぶつけた。我ながら驚くほどの激しさで、いつもの落ち着きはかけらもなかった。

凍りつくタビーをよそに、クリスチャンはベッドを飛びだし、急いでジーンズをはいた。

タビーの記憶では、あの夜、バイクから下りたとき、ピートが身を乗りだしてさよならのキスをしてきた。それはほんの一瞬だったし、騒ぎ立てるのは大人げない気がしたのだ。

「あれを見たのね……」タビーはぞっとした。「そんな！」

クリスチャンは侮蔑《ぶべつ》のまなざしを向けるだけだった。「ぼくの車のボンネットに横たわったときと同じことを、あいつのバイクの上でも試したのか？」

「いやらしい想像はやめて！」

タビーは屈辱に震える声で怒りの言葉を放ったあと、不意に黙りこんだ。回転の速い頭が忙しく働きだしていた。ジグソーパズルの欠けた部分が急に埋められていくのに似ていたが、ふつうのパズルと違って、欠けていた部分のピースがつくりだす絵柄は全体像をゆがめた。クリスチャンが見た光景は、それだけ取りだせば許しがたいだろう。あの週、彼はパリに行っていて、一度も連絡をよこさなかった。そして帰ってくるなり、タビーが別の男性とキスをしている場面に出くわしたのだ。

「なぜ私を問いつめなかったの？」階段へ向かうブロンズ色の背中にタビーは鋭くきいた。

「ぼくがそこまで自分をおとしめると思うのか？」クリスチャンは立ち止まりもせず、冷酷な口調できき返した。

タビーは歯ぎしりする思いで彼のあとを追った。

クリスチャンは原始的な水道設備に遭遇し、ショックを受けてバ、バスルームから出てきた。

「体を洗う場所もないじゃないか！」あきれて非難する。

「シンクと湯沸かし器ならあるわ……それより、ピートの話がしたいの」

「それがあの男の名前か」クリスチャンはどなった。「尻軽女め！」

「やめて！」タビーは叫んだ。「お互いの友だちも一緒だったのよ。私はただバイクに乗せてもらってひとまわりしただけ……あなたが見たあのばかげたキス以外、何もなかったわ！」

「ぼくがそれを信じると思うのか？」

「どうして信じないの？　私はキスを返さなかったけど、彼を押しやる時間もないほどあっという間の出来事だったわ……無邪気なキスだった。私はあなたに夢中で――」

「きみはヨーロッパ一の嘘《うそ》つきだ！」終わりまで聞かずに、クリスチャンは言い返した。

　タビーは青ざめ、次いで真っ赤になった。嘘つきという言葉を完全には否定できない弱みがあったからだ。「これは嘘じゃないわ」硬い声で言い張る。「ほかの男性とつき合おうなんて思いもしなかった。わかってくれてもいいはずよ。もっとも、あなた自身、身に覚えがあって、私を追い払う口実が欲しかったんじゃないかしら」

　クリスチャンはフランス語で悪態をついた。しかしすぐさま、ある疑念をいだいた。あのころ、タビーはぼくに夢中で、ほかの男に目移りするわけがないと信じていた。ところが、タビーの本当の年齢を知り、十代の恋がいかに短命かも知っていたぼくは、早合点してしまったのかもしれない。

「あれで、私から遠ざかる最高の口実ができたんじゃない？」苦しげな瞳の奥に、病院の待合室で見知らぬ他人のように顔を合わせた無惨な光景が浮かぶ。あの部屋にはゲリー・バーンサイドの飲酒運転で不幸を背負った人たちが集まっていた。

　ゲリー・バーンサイドが運転する四輪駆動の車は走る場所を誤り、アンリ・ラロッシュのポルシェに正面衝突した。大人たちの中で唯一同乗していなかったリサは、待合室で半狂乱になっていた。ピッパは母親の死に打ちのめされ、父親の緊急手術の結果を待っているところだった。ヒラリーとその妹エマは両親を失って身を寄せ合い、ジェンは重体の母親が命を取り留めることを祈っていた。

クリスチャンはベロニク・ジローを伴って現れた。彼の美しい瞳はショックと悲しみに陰り、タビーはそばに行って彼を抱きしめたかった。だがそのときは、愛する男性のもとへ足を運ぶ勇気がなかった。自分の父親の無謀な飲酒運転のせいで、クリスチャンも父親を失ったのだから。

「事故も……父の死も……ぼくをきみから引き離せはしなかったよ」顔をこわばらせ、クリスチャンはタビーをたくましい腕に包みこんだ。

「ピートとは何もなかったのよ」どうしても聞いてもらう覚悟で、タビーは繰り返した。

クリスチャンは飢えたように片手を彼女の髪にからませ、息をもつかせないキスで不快な感情を心から締めだした。過去を蒸し返すつもりもなかった。今、頭の中にあるのは、このあといつタビーと一緒にいられるか、パリからどれくらいの頻度で彼女のもとへ通えるかということだけだった。デュベルネの敷地内に立つこのコテージに。いや、だめだ！ここよりはるかに立派な家を探してあげよう……。

明け方に目を覚ましたタビーは、クリスチャンの巧みな奉仕に喜びの声をもらさずにはいられなかった。「また?」彼のスタミナに目を丸くし、執拗《しつよう》に求められる幸せに浸った。

「疲れたかい?」

ゴージャスな声は、半分眠っていても切なく身もだえさせる彼の手と同じくらいに刺激的だった。

「やめないで」

タビーのつぶやきに、クリスチャンは忍び笑いで応じた。情熱を駆りたててから、彼女の際限のない欲望を満たしにかかる。タビーはまたもや、めくるめく世界へと旅立った。

次に目が覚めたとき、夜はとっくに明けていた。手足を伸ばすと、体のあちこちが痛かった。寝返りを打ち、クリスチャンの寝顔を眺める。カールした黒いまつげがブロンズ色の頬にかかり、整った顎は青黒い髭《ひげ》でざらついている。腰のまわりでシーツがねじれ、筋肉質の長い腕と、胸の一部があらわになっていた。タビーは曲げた腕に顎をのせながら、夢心地のため息をついた。まるで時をさかのぼったようで、もっと大人になった現在の賢い自分に戻る気がしなかった。

クリスチャンは息子の父親なのだ。忘れられなくても不思議はない。あの夏、愚かな誤解が二人の仲を引き裂いたのは明らかだ。天に向かって抗議したいほど些細な原因。でも、いかにもクリスチャンらしい。いつも冷静で、いつも物事を悪いほうへと考える。タビーはみずみずしい唇に苦笑を浮かべた。事故の審理の日、なぜ彼が五分の時間さえ割いてくれなかったのか、今なら理解できる。プライドが強すぎて、裏切りを見過ごすことも許すこともできなかったのだ。あの激しい拒絶はそれを物語っていたと、今にしてわかる。

ゆうべは彼と愛し合った。何度も何度も。自分でも恥ずかしいくらいに。今だって、クリスチャンが目を覚まして求めたら、やはり拒めないだろう。求められるたびに、文字どおり彼のものになる。でも、彼をまだ愛しているなら――そんな気がするけれど――別に悪いことではないのでは？　まして、天が二度目のチャンスをくれようとしているのなら。それとも、くれたのはソランジュかしら？　あの老婦人は、コテージを遺贈したらクリスチャンが再びタビーに連絡をとると予想していたのだろうか？

狂おしいほどの喜びがこみあげ、タビーはほほ笑んだ。だが、たちまち顔がこわばる。ジェイクのことを話せば、クリスチャンが大きなショックを受けるのは否めない。一大告白をする前にもうしばらく彼と過ごそう。あと一日だけ、とタビーは良心をなだめた。そうすれば以前の関係を取り戻し、いろいろな誤解も解け、そのうえで彼が三歳児の父親であることを告げられる。クリスチャンはどう受け止めるだろう。唖然《あぜん》とするかしら？　喜ぶ？　でも、そこまで考えるのは先走っているし、思いあがりが過ぎるというものだろう。もし……クリスチャンが単なる欲望から私を腕の中に迎え入れたとしたら？　目を覚ましたらすぐにまた去っていくのでは？　二人が分かち合ったものが彼にとってなんの意味もないものだとしたら？

自分が思い描いた筋書きに青ざめ、気分まで悪くなったタビーは、彼から目をそらしてベッドを抜けだした。腕時計を見て顔をしかめる。もう九時近い。やることが山のようにあるのに、残された時間は少ない。明朝のフェリーでイギリスに戻らなくてはならないのだ。タビーは旅行かばんを手に階下へ行き、身支度を整えた。村で見かけた公衆電話でアリソンに電話して、ジェイクと話そう。薪《まき》も買いこみ、こんろも使えるようにし、最低限の食料もたくわえておかないと。一週間後にはジェイクを連れてここへ戻るのだから、できる限り息子が喜ぶような住まいにしておきたい。

クリスチャンに書き置きして、行き先や戻る時間を知らせるべきかしら？　でも、少ししつこいような、必死な印象を与えないだろうか？　いやがられるかもしれないと思っただけで、タビーの臆病《おくびょう》な心はたじろいだ。だが、ここに寝泊まりしているのはわかっているし、食べ物が何もない以上、彼のほうも朝食をとりに屋敷に戻るだろう。そこで、タビーははっとした。我ながらあきれたことに、ゆうべ愛し合ったときは、二人の間に横たわる最大の壁を見過ごしていた。クリスチャンがどう思おうと、タビーとの関係が再燃したと知ったら、まして彼がタビーの息子の父親だという現実を突きつけられたら、彼の家族は嫌悪のあまり身震いするに違いない。

十五分後、タビーは車で出ていった。

思い返せば、事故の審理のとき、親戚《しんせき》一同があからさまにタビーを敵視するのをソランジュは困惑顔で弁解していた。〝私の姪《めい》、クリスチャンの母親は、今日鎮静剤をのんでいるの。心痛をやわらげるためにね〟老婦人は打ち明けた。〝みな、アンリの死を悼んでいるわ。でも、じきに家族もわかるでしょう。愛する者を失った人はほかにもたくさんいると〟

やがて目を覚ましたクリスチャンは、自分がまだコテージにいることに驚いた。それ以上に驚いたのは、ひとりきりでいることだった。タビーが彼を置いて出ていったのが最初は信じられず、庭を見晴らすサンルームに入っていった。そこでようやく、クリスチャンは彼女がどこにもいないことを認めた。

明るい部屋には画材が所狭しと置いてある。飾ってある細密画を、クリスチャンは驚きの目で眺めた。これほど小さく完璧《かんぺき》なものは見たことがない。母親が生涯の趣味にしている精巧なドールハウス以外には。この細密画がタビーの作品なら、大した才能だ。ただし、こんな細かなものを描いていては、目が悪くなってしまう。もっと大きな作品に腕を注ぐよう、さっそく注意しなければ。

タビーは朝食を買いに行ったに違いない。クリスチャンがそう決めこんで寝室に戻り、窓辺に行ったとき、車の音が聞こえた。シルバーのメルセデスが道の反対側に止まっている。クリスチャンのまっすぐな黒い眉がかすかに寄せられた。母親のマティルド・ラロッシュがよく似た車を持っているが、夫の死後は自分で運転することはなくなった。タビーがソランジュの遺産を手に入れたという知らせに、母親が示したヒステリックな反応がいやでも思い出される。彼のフェラーリは玄関前に止まっていた。実に目立っている、とクリスチャンは苦笑いした。

母の頭がついにおかしくなり、ストーカーさながらにコテージを見張っているのだろうか！　まさかとは思いつつも、クリスチャンは車のナンバーを知りたくなって外へ急いだ。だが、玄関ドアにたどり着いたときには、メルセデスは走り去っていた。

クリスチャンはひとりの時間を利用し、携帯電話を使ってロワール渓谷の物件を訪れる手配をした。それは絵に描《か》いたような一軒家で、見事な景観を誇っている。タビーもきっと飛びつくはずだ。そうでなければおかしい。

タビーが戻らないままさらに三十分がたち、何かあったのではないかと、彼は不安になってきた。あのおんぼろワゴン車で出かけたものの、イギリスとは違って左側通行であることを忘れてしまい、事故でも起こしたのではないか？　クリスチャンは青くなった。フェラーリに飛び乗り、数キロ先の村へと向かう。タビーが食べ物を買いに行ったとしたら、たぶんそこだ。

狭い急坂の一本道で、クリスチャンはタビーを見かけた。フリル付きの短いデニムのスカートに白いTシャツという身なりで、笑いながら立ち話をしている。相手の物売りはにこやかに彼女のワゴン車に薪を積みこんだあと、しなやかな形のいい脚をほれぼれと眺めている。タビーの外出は朝食の買いだしが目的ではなかったらしい。急いでコテージに戻りたがっている様子もなかった。

　タビーはフェラーリを見て凍りついた。クリスチャンが窓を開けてこちらを見ている。デザイナー・ブランドのサングラスのせいで表情ははっきりわからないが、ハンサムな顎は固い意志を示している。不意に彼が車から降り立った。百九十センチの引き締まった男性的な体は見事としか言いようがない。近づいてくる彼を見てゆうべの秘め事が思い出され、タビーは顔を赤らめた。

「どうしてここだとわかったの？」息をはずませてきく。

「そうじゃない。デュベルネへ戻る途中だ」クリスチャンはなめらかに答えた。

　肘鉄を食らったような顔をしたタビーとは対照的に、彼はほほ笑んでいた。

「正午に迎えに行くよ……いいね？」

　ぬくもりと生気がタビーの顔に戻った。「どこへ連れていってくれるの？」

「行ってからのお楽しみだよ、いとしい人《シェリ》」

　本当なら古めかしいこんろとテラコッタの床を磨いていなければならないときに、タビーは女学生のように胸をときめかせ、髪を洗ったり、唯一持ってきたドレスのしわを伸ばそうと水に濡《ぬ》らしたりしていた。

　約束した時刻に、クリスチャンはクリーム色のチノパンツに黒いシャツという格好で現れた。二人は飛行場へ行き、小型機に乗りこんだ。

「あなたが操縦するの？」タビーは驚いて叫んだ。

「十代のときからライセンスを持っている。ぼくは航空会社のオーナーだよ」彼は優しく答えた。

「飛行機は苦手なの。乗らなくちゃいけないなら、ジャンボ機がいいわ」タビーは顔をしかめた。

「短い空の旅だよ、かわいい人《マベル》」彼が見せた大きな笑みは、タビーの胸を締めつけた。

「ぼくが出会った女性は誰ひとり、口が裂けても飛行機が嫌いだとは言わなかったが」

飛行中ずっと、怖くて外を見られないタビーに、クリスチャンは空からの風景を話して聞かせた。彼の操縦は自信に満ちていた。

着陸したのはブロア郊外の飛行場で、運転手つきのリムジンが待っていた。

「好奇心で胸が張り裂けそうよ」タビーは認めた。「いったいどこへ行くの？」

「我慢だよ」クリスチャンは長い指を物憂げに彼女の指にからませ、戒めた。

およそ十分後、リムジンはぶどう園に挟まれた急な坂道をのぼり、優美な家の前で止まった。淡い金色の石造りの家で、ひさし付きのテラスが周囲に張り巡らされ、そこには美しい花が脚付きの壺《つぼ》に飾られている。

「せめて誰のお宅にうかがうのか教えて……」タビーは声をひそめて言った。

石段をのぼりながら、力強い顔に魅力的な笑みを浮かべ、クリスチャンは意味ありげに唇の一方の端を上げた。「ここは空き家だよ」

彼の美しい唇にキスをしたときの驚くばかりの快感を思い出してタビーはめまいを覚え、思考がつかのま乱れた。「じゃあ……ここで何をするの？」

クリスチャンがドアを大きく開けると、広々としたタイル張りのホールがあった。「女性の目でこの家を批評してくれるとありがたい」

たぶん売り家なのだろう。タビーは意見を求められたことを喜ぶ一方、ひと目で、この家があらゆる条件を満たし、〝批評〟するまでもないとひそかに結論づけた。プライバシーを保てる一軒家で、高台にあるためすばらしい田園風景が一望でき、プールもついている。家の中はそれ以上に感動的だった。タビーはうっとりしながら部屋から部屋へと足を進めた。古いが、趣味のよい改修が施されている。深みのある暖かな色、アンティークと現代的な家具が、時代を超えて調和している。両開きの扉の先には涼しげな石のテラスが続き、そこには、とてつもない驚きが待っていた。精緻《せいち》な陶磁器と光り輝くクリスタルのグラスがすでに用意されていたのだ。テーブルの傍らには、制服姿のウェイターがいつでも給仕できるよう控えていた。

「お昼にしよう」クリスチャンは事もなげに言い、タビーのために椅子を引いた。「きみはどうか知らないが、ぼくはおなかがぺこぺこだ。いつもは一時に食べるんだ」

タビーは席につき、ワインをつぐウェイターを見守った。「この家の購入を検討しているの?」

広い肩が優雅にすくめられた。「ここはすでにぼくのものだよ。一度も来たことはなかったけれどね。不動産はいい投資になるから、アドバイザーを通して買い入れるんだ」

「一度も見ないで家を買うなんて、私には想像もつかないわ」タビーは二人の生活レベルの違いを思い知らされた。知り合ったころはそれを直視せず、重要なこととは考えないようにしていたのだ。

テーブルには極上の料理が出された。エンダイブのサラダにとろけるようなラム肉のあぶり焼き、ブラックベリーのタルト。食事中、クリスチャンはこの地の豊かな歴史を語り、ソローニュの美しくのどかな河原は自然愛好家の天国だと説明した。

暑くうだるような午後で、空は群青色に輝いている。緑の峡谷のはるか彼方《かなた》には、この地に多いワインづくりのシャトーのかわいい塔が見えていた。静けさの中に響くのは、牧歌的な鳥の鳴き声だけだ。

「この家の感想をひと言も口にしていないね」クリスチャンが言った。

「すてきだわ……わかるでしょう」タビーは唇を噛《か》み、頬を染めた。自分の基準が彼のそれよりはるかに低いのを自覚し、決まりが悪かった。「でも……あなたが何を求めているのかわからないわ」

「きみを喜ばせるものだよ、かわいい人《マ・ベル》」クリスチャンの目は彼女の驚きのまなざしをとらえた。「ぼくが求めるのはそれだけだ」

黒いまつげに縁取られた瞳と視線がからみ合い、タビーの体は彼への恋心に刺し貫かれた。息苦しさにめまいさえ覚え、彼の言葉を理解するのに一、二分かかった。

「私を……喜ばせる？」おうむ返しに尋ねる。

優雅なしぐさでクリスチャンはすっと立ちあがり、浅黒い手を伸ばした。「もうひとまわりしよう」

クリスチャンは再び家の中をゆっくりと案内したが、数々の美しい部屋やそれぞれの窓から眺められるすばらしい景色を、タビーは上の空で眺めていた。頭の中が混乱している。彼はこの夢のような家に私と一緒に住もうというのだろうか？　私が喜ぶ物件かどうかを気にかけるとしたら、ほかに何が考えられるだろう？　気を落ち着けようとしても、彼女の胸は喜びでいっぱいになった。

「気に入ったかい？」クリスチャンが尋ねた。

「気に入らないわけがないわ」彼の意図を誤解しているのではないかという不安を笑いで紛らす。

「静かすぎると思う人もいるかもしれないが、画家にとっては申し分ない環境じゃないかな。のどかで、絵心もわく」クリスチャンがかすれ声でつぶやいた。

タビーがフランスに着いてまだ二十四時間しかたっていない。思慮深いクリスチャンがこんな衝動的な行動をとるなんて。四年前に分かち合ったものを取り戻そうと、この短い間に決心したのだろうか？　二人を引き裂いた出来事を、彼も同じように悔やんでいるの？　失われた時間の穴埋めをしたいと、私と同じくらいに強く望んでいるのかしら？

補助テーブルの上にあるアイス・バケットと、そこに入っているシャンパンのボトルにタビーの視線が注がれた。彼が話をするために選んだ場所が主寝室であることに、今になって気づく。偶然には思えない。ロマンチックとも言えるこの計らいに、タビーはほほ笑むまいとした。彼のプライドを傷つけたくなかったのだ。十七歳のとき、タビーは腹立たしげに言ったことがある。あなたにはロマンチックな心がないと。そうではないことを証明しようと、クリスチャンはプレゼントや花を贈ったり、手をつないだりして、並々ならぬ努力を払ったものだ。

「ここはパリに行くのにもとても便利なんだ。ぼくは、普段はパリにいるからね」その言葉を強調するかのように、クリスチャンはタビーを引き寄せた。

しなやかな男らしい体が放つ熱気に、彼女の胸の先がとがり、下半身に鈍いうずきが生じた。震えながらタビーは彼にもたれた。まぶたが幸せの涙で熱くなり、喉が締めつけられる。こんな浮ついたことをするのは彼の柄じゃない。その意味はただひとつ、まだ私に愛情をいだいているのだ。

タビーは部屋の向こうの鏡に目を凝らした。そこには二人の姿が映っている。真剣な表情でまっすぐに背を伸ばすクリスチャンの姿はりりしく、美しい。彼女自身は、はるかに小さくて丸みがあり、柔和な表情をしている。「とてもロマンチックだわ……ずいぶん考えたんでしょうね――」

「きみはよく言っていた、本当のロマンスは裏で操る糸が見えないと」クリスチャンが言葉を挟んだ。

「十七歳の私はそれほど注文が多かったのね。今は努力や発想のほうを高く買うわ。さっきのすてきな食事とか」

クリスチャンにじっと見つめられ、タビーは痛いくらいに彼を意識した。細い体に震えが走る。

「そうかい？」彼がざらついた声できく。「もっとも、ぼくの話を聞けば、きみを巧みに操ろうとしていると言って非難するかな？」

「先に話を聞いたほうがよさそうね」タビーは息をはずませながら言った。

「きみをここへ連れてきたのは、ごく簡単な取り決めのためだ。お互いの要求も満たされる。ソランジュのコテージの代わりにこの家を提供するよ」

タビーはあっけに取られた。「冗談でしょう」

「いや、ぼくを助けると思ってくれ。無条件の交換だ。お金という味気ないものでやりとりすることもない。きみとの取り引きも打ち切りたくないしね」

虹彩《こうさい》が金色にきらめく黒い目は、このからかいにほほ笑むようにとタビーを促している。

だが、タビーはそれどころではなかった。愚かで身のほど知らずの希望が粉々に打ち砕かれてどんなに傷ついたか、表情に出すまいと必死だった。彼の大伯母が遺《のこ》してくれたコテージと、それより五倍は広く、高価な家具調度を備えた贅沢《ぜいたく》な家を交換するですって？それほどまでに私をデュベルネの敷地から追いだしたいのだ。夜を共にしたあとも、彼がその決意をいだいていたことを知り、タビーは顔を強く殴られたのと同じくらいの屈辱を覚えた。

「もう帰りたいわ」緑色の瞳は磨かれたガラスのようにきらめき、どんな弱さも感情も見せまいとする決意のほどを示していた。タビーは寝室を出て玄関に向かった。「することがたくさんあるの。明日から一週間、イギリスに帰らなくてはいけないし」

タビーの顔がにわかに曇り、青ざめたのを見て、クリスチャンは眉をひそめた。「タビー――」

「それ以上言わないで。でないと怒りが爆発してしまうわ」タビーはついに警告を発した。「結局、あなたは私をだましてここへ連れてきたのね。ばかげた交換や商取引の話をする義務は私にはないわ」

「義務があるとは言ってない。だが、公正で寛大な申し出が反感を買うことはめったにない。ふつうは一考する価値がある。きみも賢くなってほしいな」

「私があなたの望むように賢くならなければ、次はどうするの？　脅すつもり？」

「ぼくは女性を脅したりしない」クリスチャンは冷たくあざけるように否定した。「きみは理不尽だ。ぼくは一族の地所を誰の手にも渡したくない。それは恥ずべきことではない。ぼくらがどうなろうと、この現実は変わらないし、変えるふりもしない」

彼に背を向け、暑く静かな戸外へ出ると、タビーはリムジンのほうへ歩いていった。一刻も早くここを去りたかった。理不尽？　耐えがたいほど深く傷つくのも、私が理不尽だから？　夢のようなお城の裾《すそ》に私が住むことが、そんなに目障りなの？　自分の愚かさに気分が悪くなる。蝋燭《ろうそく》の火に寄ってくる蛾《が》のように、またも彼に引き寄せられてしまった。よ一度、焼きつくされ、痛い経験をしたはずなのに、二度も同じ苦しみを味わうなんて。よほどだまされやすいのだ。けれども、クリスチャンには腹が立つ。話をするのはおろか、顔を見るのさえ耐えられない。

二時間後、クリスチャンはフェラーリをコテージの脇《わき》につけた。外に飛びだしたタビーをのろのろと追っていく。「まだ話は終わっていない」冷ややかな決意をこめ、クリスチャンはゆっくりと言った。

タビーは両頬を赤く染め、刺すような視線を放った。「いいえ、私のことを自分より劣ると考えている人とは話をしたくないわ！」

「根拠のないことでぼくを非難しないでくれ」

「そうかしら？」タビーの口から甲高い笑い声がもれた。「私を買収しようとしたじゃない！」

「買収じゃない。きみに見せたあの家は、賄賂《わいろ》とは違う。もっとも、きみが考え直してぼくのために引っ越してくれるなら、その代償はなんらかの形で払う」クリスチャンは迷わず言いきった。

「本当に口がうまいこと！　受け入れがたいことを、受け入れやすいよう言いくるめるにはどんなこつがいるの？」タビーは怒りをぶつけた。

「ゆうべ、ぼくとベッドを共にしていなければ、そんな態度はとらなかったんだろうな。あれで問題の焦点がぼやけてしまった」広く官能的な唇を固く結び、クリスチャンは陰りを帯びたまなざしを注いだ。

「そのとおりよ……あれは、とても大きな間違いだったわ」タビーは驚く彼の面前で玄関ドアを音高く閉め、ドアにもたれた。怒りの涙があふれる。

「タビー！」

クリスチャンがドアをたたく間に、タビーは心を落ち着かせようと息を吸いこんだ。それでも目にしみる静かな涙は震える頬の上を流れ落ちた。ひと晩彼を泊めたことで、衝動的で無謀な十代のころに戻ってしまった。用心も常識もすべて忘れ、再び彼の足もとにひれ伏した。おまえは懲りるということがないの？　なぜ彼といると、これほどまで愚かになってしまうの？

七時にショーンが電話をかけてきた。地元の画廊を経営しているイギリス人とその娘の陶芸家を知っているから、引き合わせるという。

「アリスが一杯飲みに寄らないかって。あそこにはいつも人が集まっているから、芸術家タイプにもきっと会えるよ」ショーンは陽気に話した。

クリスチャンとのことで悩んでいる今、そういう人たちと交われば気も紛れるだろう。タビーは大して期待せずに行ったが、案に相違して愉快な夜を過ごせた。地元の画家と何人か知り合い、電話番号を交換し、画材をどこで買えばいいかなど、役に立つ情報も聞きだせた。ショーンに送ってもらって家に着いたのは夜中の二時で、ライトがついて初めて、クリスチャンのフェラーリがコテージの脇に止まっているのがわかった。彼は車から出ると、力強い足どりでやってきた。

タビーは身を硬くしたが、なんの引け目も感じるまいとして、作り笑いを浮かべて進み出た。「クリスチャン……遅くなってごめんなさい」

「まったく《ジュッタロール》……ぼくもどうかしている！」浅黒くハンサムな顔を怒りに引きつらせながら、クリスチャンは噛みつかんばかりに言った。「きみを誤解していた、と危うく思いこむところだった。だが、またも現場を押さえたぞ。ひと晩じゅうどこへ行っていたんだ？　あの男のベッドか？　次から次へと男を替えて。ぼくに抱かれたかと思えば、今度は――」

「後悔しているわ」タビーは噛みしめた歯の間から言葉を絞りだした。「ええ、あなたとベッドを共にしたことを心底後悔しているわ！」

激しいやりとりの間、自分はいないも同然だとわかり、ショーンは道端に止めてある車から顔を出した。「ぼくにいてほしいかい、タビー？」

「私に恥をかかせないで！」タビーはクリスチャンに言い放ってから引き返し、心配せずに家に帰るようショーンを促した。

クリスチャンは両手を広げ、早口のフランス語で悪態をついた。恵まれた人生を送ってきて、一度も恥をかかせられたことがないのだろう。そういう男性にありがちのこらえ性のなさがよく表れていた。

タビーは震える手で玄関のロックを外した。「あなたには二度と会いたくない――」

「家を見て帰ってきたとき、なぜぼくを中へ入れなかった？」クリスチャンは彼女の横をすり抜け、さっと向き直って険しい侮蔑の表情を見せた。「同じ男と二晩続けて過ごしたくなりそうで不安だったのか？」

月明かりのもと、タビーは怒りに身を震わせた。「よくそんなことが言えるわね、私のことを、いろんな男性と出かけるすれた女みたいに」

「ぼくの留守中には、必ず別の男がきみの足もとで荒い息をしているじゃないか！」

「思い起こせば、あなたのお友だち、ベロニクが前にこう言ったわ。あなたは負けず嫌いだって！」タビーは苦笑と共に思い出した。「あの間違った情報も、彼女が教えてくれたいくつものアドバイス同様、身勝手な悪意がこもっていたのね」

クリスチャンはふと黙りこんだ。「なんだって？　ベロニクがそんなばかげたことを言うはずがない」

「そうかしら？　あなたの幼なじみは隣のゆりかごの中であなたがどんな掘り出し物かを計算して、その場で決心したのかもね。玉の輿《こし》に乗るのは絶対に私よって……私の知ったことじゃないけれど」タビーはさもしい皮肉を並べ立てる自分が腹立たしかった。「明らかに彼女はあなたの嫉妬《しっと》深さを知っていて、私たちの関係を手っ取り早く壊すにはそれを利用するのがいちばんだと思ったんだわ」

クリスチャンは整った顔をほてらせて広い肩をそびやかし、不快そうに彼女を見た。「さっきのように怒りだし、証拠もなくきみを非難したのは恥ずかしいことだが、それでもぼくはきみを信用しない」

タビーは顎をぐいと上げた。「私のほうこそ、許せないわ。私が複数の男性と同時に関係を持っているかのように非難したあなたを」

怒りに満ちた瞳を金色に輝かせ、彼は辛辣《しんらつ》な笑い声をあげた。「きみは夜遅くまで家を空け、別の男を伴って帰宅した。ほかにどう考えればいい？」

「そんなふうにきけることすら驚きだわ。あなたにとって私がどういう存在なのかを知る贅沢は今まで一度も許されなかった……それでいて、あなたは私の行動をあれこれ非難するのね」タビーはゆっくりと首を振りながらなおも彼を責めた。「四年前、あなたにはエロイーズという女性がいた。彼女については何ひとつ私に言わなかったわね。あなたはあのときも上手に切り抜けたわ。そういう気まずいことを、私がきけないものだから」

クリスチャンの力強い顔がこわばった。「きみを見た瞬間、エロイーズとは終わったんだ。どのみち彼女とは軽い関係でしかなかった。きみと出会ってすぐに精算した。どうやって彼女のことを探りだしたのか知らないが、ぼくに直接きけばよかったんだ。きみと違って、ぼくは正直に――」

その言葉は過去についた嘘をタビーに思い起こさせた。彼女は身をよじって彼から離れ、明かりをつけた。「確かに私は年齢を偽ったわ。理由は知っているはずよ。でも、だからといって私が信用できないことにはならないでしょう」

「そうかな?」

「ええ……節操のない女だと私を非難する口実にもならないわ」タビーは意気ごんで言った。

「こんな時間までどこにいた?」

「教えないわ。あなたの質問には何も答えない」

「まったく……《ジュッタロール》」クリスチャンはうなった。「きみはぼくに何を求めているんだ?」

これだけ言ってもまだわからないことに、タビーは唖然《あぜん》とした。「敬意よ」

クリスチャンは表情豊かにお手上げのポーズをとり、稲妻さながらに光る瞳で彼女を見た。大それた要求を皮肉りたくて仕方がない様子だったが、何も言わなかった。

「敬意よ」タビーは頑《かたく》なに繰り返した。「あの夏、あなたはピートのことで私があなたを欺いていると決めつけたでしょう。あの過ちを謝るべきよ」

「ぼくが?」黒い瞳の中に怒りの炎が燃え立ち、今にも噴きだしそうだ。

「それ以上に、事故の審理のときに見せたあなたの態度は……不当だわ。よく考えてみることね」

「なんだって……勝手にしろ!」激しい言葉を浴びせたあと、感情的な自分にとまどったかのようにクリスチャンは顔をそむけた。

「これで敬意とお詫《わ》びの二つになったわね」タビーは念を押し、ついでにさらなる宝を掘り当てようとした。「でも、私のそばにいたいなら、もうひとつあるわ……あなたが合格するかどうか疑問だけど」

クリスチャンの口もとが無意識にほころんだ。彼女なりの飴《あめ》と鞭《むち》でぼくを調教できると思っているらしい。「ぼくはベッドでは優秀だよ、かわいい人《マ・ベル》」かすれた声で尊大に言ってのける。

「残念ながら、人生の出来事の多くは寝室の外で起こるのよ。私を追い払うようにして、あなたは小さなコテージの代わりに豪邸を提供した。大伯母さまの遺志も、私が自分で選んだ場所に住む権利も尊重できないのね」タビーは大きな疲労感に襲われた。この四十八時間の緊張と休養不足で、精も根も尽き果てていた。

「だが――」

「もうたくさん。演台から降りて、ベッドでぐっすり休みたいわ」タビーは重々しく彼を遮った。

クリスチャンはかがんで彼女を抱きあげ、階段をのぼった。「飛び下りるのは危険だよ」

「下ろして……」タビーは弱々しく抗議した。身も心もぼろぼろで、涙が出そうだった。

クリスチャンは彼女をベッドにそっと下ろし、ランプをつけた。「ぼくは豪邸のほうが居心地がいいけどね」感慨深げに言う。「もっとも、きみも気に入ったはずだ……嘘はつかないでくれ」

タビーはうめき、靴が床に滑り落ちるに任せた。口論する気にもなれず、重いまぶたを閉じる。ちょっと疲れをとるだけよ。自分にそう誓った。

クリスチャンはタビーの寝顔を見下ろし、ため息をついた。彼女のシャツを脱がし、スカートも取り去った。ブラジャーからのぞくクリーム色の胸のふくらみや、信じられないほど色つやのいい肌を眺め、思わず自制を失いそうになる。彼女と同じベッドに入りたい。

ただ一緒にいたいという激しい欲求に彼はいらだった。タビーに上掛けをかけ、明かりを消す。そのとき、窓にカーテンがないのに気づき、彼は眉をひそめた。玄関もきちんとした安全対策がとられていない。厳しい表情が引き締まった彼の顔をよぎった。これからいろいろと決めなくては。

5

「すると、こういうことね……」

九時間後、パリのセーヌ河畔にあるアパートメントで、ベロニク・ジローはクリスチャンの目を見つめて言った。

「特別な理由はないけれど、私たちの婚約を解消したいと」

「特別な理由がないわけじゃない。今はまだ結婚する気になれないんだ」クリスチャンは後悔に満ちたまなざしで、仕立てのいいビジネススーツをまとった婚約者を見た。「きみのためにも、もっと早くはっきりさせるべきだった」

「式の日取りも決まっていないし、近い将来にとも思っていなかったわ」ベロニクは落ち着き払って指摘した。「だから、あなたもたっぷりと時間をかけて考えればいいわ」

冷静な受け答えにほっとして、クリスチャンはためていた息を吐きだした。「ありがたいが、充分時間をかけて考えた結果、この婚約からぼくを解放してほしいと頼むしかないんだ。こういうことになって申し訳ないと思っている」

しばらく考えこんだあと、ベロニクは優雅にうなずいた。「あなたが謝ることはないわ。意にそむく結婚にあなたを縛りつけたくないもの」

クリスチャンの厳かな顔に感謝の笑みが輝いた。「きみがぼくを束縛したりするわけがない。この婚約は便宜的なものだったにせよ、ぼくらには昔からの強い絆《きずな》がある。それまで失いたくない。もっとも、きみがいっさいをご破算にしたいのなら、それも仕方がない」

「そんな態度をとろうとは夢にも思わないわ。あなたの決心に賛成するつもりはないけれど、だからといって大騒ぎするつもりもないの」黒髪の女性は自制心を失わずに淡々と話した。「どうせ、あのかわいいマダムのために苦労しても報われないことが、あなたもすぐにわかるでしょう。率直に言わせてもらったけれど、気を悪くしないでね」

クリスチャンはわずかに身をこわばらせた。「ぼくに遠慮する必要はない」

「あなたが聞きたくないことでも?」淡いブルーの瞳に険しい光が宿った。

クリスチャンは今まで見たこともない彼女の表情を見て取り、いぶかしげに目を細めた。

「もちろん」

「またあのイギリスの女の子がかかわっていることぐらい、お見通しよ。露骨なことは言いたくないけれど、どうして欲望を満たすだけにとどめておけないの?」ベロニクは冷たい怒りをこめて問いただした。「念のために言っておくと、懺悔《ざんげ》を求めているわけではないのよ」

クリスチャンは嫌悪が表に出ないよう苦心した。「そんな単純なことじゃないんだ」

「いいえ、そうよ。あなたが事を複雑にしているんだわ。何に取りつかれてしまったの？」いかにも心配しているような口調だった。「あなたのご両親は不健全なほど仲がよすぎて、お母さまは今でもお父さまなしでは何もできない。ご両親のような結婚をしたくない気持ちは理解できるけれど――」

「彼女との結婚は考えていない」

クリスチャンの言葉を聞いて、ベロニクは気を取り直した。「それならなぜ、婚約を解消する必要があるの？　夫の忠誠など、私にはなんの意味もないわ。あなたがバーンサイドの娘を愛人に囲っていても、私はいっこうにかまわない。人生にはもっと大切なことがあるのだから」彼女はいらだちを隠そうともしなかった。「こんなこともあろうかと、私があの計算高い娘との交渉を買って出たのに」

「悪いが、タビーについてきみとは話さないし、彼女の悪口を聞くつもりもないよ」抑えのきいたクリスチャンの声は相手の気勢をくじいた。

ベロニクは大きなひと粒ダイヤの指輪を左手の薬指から抜き、テーブルの上に置いた。

「それはきみのものだ……プレゼントのつもりだった」クリスチャンは念を押した。「いらないなら、慈善団体にでも寄付してくれ」

ベロニクの薄い唇が不意にゆるみ、温かくなだめるような笑みが浮かんだ。立ちあがり、細い手をクリスチャンの肘にかける。「今でも友人として話をするくらいはできるし、そのほうがあなたももっと辛抱強く話を聞いてくれそうね。例のお友だちとお昼に会う約束なの。一緒に行きましょうよ」

「すると」ピッパ・スティーブンソンはカップにコーヒーをつぎ足し、鮮やかな青い瞳をくるりとまわした。「もう四年近くたつのに、クリスチャン・ラロッシュの誘惑の罠《わな》に進んではまったのね」

タビーは顔をしかめた。「違うわ、ピッパ――」

「彼はビジネスでも、ベッドでも成功間違いなし。だから、何をしても自分は許されると思っているのよ」タビーの友人は皮肉っぽく唇をゆがめた。「クリスチャンの近くに引っ越すのは、金魚が鮫《さめ》と一緒に泳ごうとするようなものよ」

タビーは身をこわばらせた。クリスチャンとのことで自分自身に失望した今、彼と同じ土地に永住するのはつらい。皮肉にも、親密な関係に戻ったために、彼が最初から望んでいた売却が成立しそうだった。「ジェイクとどこに住むか、考え直す必要があるかもしれないわ」

「クリスチャンを拒めないあなたのことを思うと、久しぶりのいい知らせね」タビーがたじろぐのを見て、赤毛の女性は申し訳なさそうにうめいた。「ごめんなさい……本当に。イギリス最後の夜にジェイクとあなたを招いたのは、こんないやみを言うためじゃなかったのに」

「いいの、わかってるわ……」言いながらも、きつい仕事と障害のある父親の世話とで、親友が疲れきっていることにタビーは気づいていた。

「でも、やっぱりクリスチャンにはジェイクのことを話すべきだと思うわ」ピッパはとまどい気味に言った。

「同感よ」友人が驚くのを見て、タビーはほほ笑んだ。「ブルターニュに引っ越す決心をしたときは、クリスチャンに再会するわけがないと心底思いこんでいたの。大した根拠もなく。愚かで、先見の明がないというか」

「事情が事情だもの、仕方がないわ」ピッパは理解あるまなざしを親友に向けた。

「ただ、近くに住むとなったら、ジェイクのことでクリスチャンが彼の家族や……ガールフレンドと気まずくなるのは申し訳ない気がして」タビーはぎこちなく打ち明けた。「どう伝えるのがいちばんいいか、まだ考えてないけど」

「ジェイクのことをいちばん最後に知るのがクリスチャンだとしても、自業自得だわ。事故の審理で会ったとき、彼の嫌悪感むきだしの態度にあなたがおびえたのも当たり前よ」

ピッパは眉をひそめた。「あれは、あまりに薄情だったわ」

「でも、私にそういう気持ちをいだかざるをえなかった人もいるのよ。今なお」

タビーが顔をしかめて強調すると、ピッパは目を伏せた。あの事故以来、ヒラリーやジェンと疎遠になったことは、タビーもピッパもあえて口にしなかった。

「つらさ、悲しさをぶつける相手が必要だったのね。事故を起こした父が亡くなり、怒りの矛先を私に向けるしかなかったんだわ。ただ、ジェイクがクリスチャンやその家族に白い目で見られるのは耐えられない……ジェイクにあまりにも申し訳なくて」

「どうしてそうなるの？　坊やはハンサムなパパそっくりよ。クリスチャン・ラロッシュが自分のミニチュアを見て喜ばないわけがないわ」ピッパはさりげなく言った。「ましてジェイクの天才的なＩＱと、目下、速い車に夢中な様子を見せれば、クリスチャンは飛びあがって喜ぶわ」

タビーはそんな野心はいだいていなかった。ただ、クリスチャンがショックを乗り越え、息子と交流を持つことだけを願っていた。

一時間後、疲れきったピッパがまたも階段を下りて父親の世話をしに行くと、タビーはため息をつき、予備の寝室のベッドに這《は》いあがった。ジェイクはすでにぐっすり眠っていた。

帰国してから八日になる。あの最後の夜、クリスチャンはタビーをベッドに寝かせ、ひとりにしてくれた。それを望んでいたにもかかわらず、翌朝、彼女は見捨てられた気分になり、ワゴン車で悲しく帰途に就いた。だが、この一週間、クリスチャンを忘れられないことにしだいに腹が立ち、息子の父親だと言えない臆病《おくびょう》な自分と闘う決心をしたのだ。

翌日、フェリーでフランスに渡ったタビーは、ジェイクが長いドライブに退屈しないよう、道行く珍しい車に息子の注意を向けさせた。「あれがロールスロイスよ……」

案の定、ジェイクは興奮して身を乗りだした。

「新しいおうちが楽しみ？」

「新しいベッドでジャンプしてもいい？」

「ママにきかないで！」タビーはにやりとした。

コテージの車寄せにワゴン車が止まるなり、ジェイクはサッカーボールを手に裏庭へ直行した。長い窮屈な旅から解放され、早く手足を伸ばしたいのだ。タビーは息子にエネルギーを消費させてから、家の中へ入れることにした。実際、あの小さな顔に失望が浮かぶのを恐れていた。わずか三歳だし、大人の想像力がなければ、さえないコテージに希望を見いだすのは難しいだろう。

「お庭にいてね。道路に近寄っちゃだめよ！」息子の背に呼びかけ、タビーはまず、私道の端に門扉を取りつけなくてはと思った。

ジェイクは立ち止まって、世をうとんじる老人さながらにため息をもらした。「わかってるよ……もう赤ちゃんじゃないんだから」

息子の成長の早さにショックすら覚えながら、タビーはコテージの中に入った。そのとたん、彼女は呆然《ぼうぜん》とした。様変わりした室内に、家を間違えたのかと、思わずあとずさる。だが、暖炉の傍らに、豪華な花のアレンジメントと、タビーの名が表書きされた封筒があるのを認め、彼女は足を止めた。クリスチャンの筆跡だ。タビーは狐《きつね》につままれたような面持ちで歩を進め、封筒からカードを取りだした。

〝きみが自ら選んだ場所に住む権利を尊重する。着いたら電話をくれ。クリスチャン〟

電話は花のそばにあった。クリスチャンは電話まで引いてくれたのだ。窓は取り替えられ、壁は塗り替えられている。幻でも見るように部屋を見まわすと、ソファや立派なたんすもあった。驚きついでにのぞいたキッチンには、新品のキッチンユニットと美しいダイニングセット、炉棚では振り子時計が時を刻んでいる。さらに、ワインラックにはボトルが並び、冷蔵庫には食べ物があふれていた。

ふと、息子が庭から手を振っているのに気づき、タビーはぎこちなく手を振り返した。

タビーは震える手で電話機をつかみ、カードに記されていた番号にかけた。電話がつながるのを待ちながら、小さな洗面所をのぞきこみ、彼女は息をのんだ。〝小さな〟洗面所は今や、その先に囲いつきのポーチを擁し、シャワーと大理石のタイル、最新式のジャグジーまでついていた。ウォークイン式の棚にはふわふわのリネン類が並んでいる。

「タビー……どう思う？」

電話に出たクリスチャンが喉を鳴らすようにして言う間、タビーはコードレスの電話機を手に二階へ行き、階段に敷かれた高価な羊毛の絨毯《じゅうたん》に目を丸くした。「どう思うって……夢じゃないかしら」

「よかった《ビアン》……ぼくが最初にコテージの中を見たときは、悪夢かと思ったよ」クリスチャンがからかい半分に打ち明ける。「洞窟《どうくつ》住まいの住人にでも似合いそうな家だった――」

「クリスチャン……これはとても受け取れないわ」タビーは震える声で言った。「頭が変になったの？　家全体が見違えたわ。家具や設備は最新のものばかりだし、とてつもない費用がかかったはずよ！」

「この間の強引なふるまいに対するお詫《わ》びと、きみが戻ってきたお祝いのしるしだよ、かわいい人《マ・ベル》」

「どうやってここに入ったの？　押し入ったの？」

寝室には、高貴な姫が使うような天蓋《てんがい》付きのベッドが置かれ、白いレースの縁取りがついた枕《まくら》がいくつもある。色は彼女の好きな淡いターコイズ色とレモン色で統一されている。クリスチャンは覚えていたのね、とタビーはくらくらする頭で思った。

「ソランジュが前庭の老木の幹にスペアキーを隠していたんだ。それを使った」彼は打ち明けた。

「教えるのが遅すぎるわ！」か細い声では小言にもならなかった。「それにしても、あなたがこんなことをするなんて……しかも、信じられないほどの短期間に」ジェイク用にと考えていた部屋をのぞくと、前に備えた家具はそのままだが、新しい塗装や磨かれた床のせいであまり目立たない。「お返しに何を期待しているの？　ギフトボックスに入った私？」

クリスチャンのセクシーな笑い声が愛撫《あいぶ》となってタビーの背筋を震わせた。

「新しい窓とか、どうやって返せばいいのかしら？　古いのが残ってないし」そのとき、寝室の窓から、立派な車が静かな道に止まっているのが見えた。

「ギフトボックスに入ってもらうときは、どこにも抜け穴がないようにしておくよ」

「でも、こんな不相応な施しは受けられないわ」

「ぼくが裕福だから差別しているのかい？」クリスチャンはからかった。

タビーは一階に戻った。「これを全部受け取ったら……あなたの手の中に落ちた気がして――」

「ぼくにとっては好都合だ」クリスチャンが臆面もなく言ってのけた。

「でなければ、大きな借りを抱えたような――」

「それも悪い考えじゃないね。ずるいかもしれないが、どうしても気が引けるなら、それを軽くする方法をひとつ、二つ提案できるよ」

「お黙り！」言いながらタビーは笑い、キッチンの窓からジェイクの様子をうかがった。

彼女は焦った。息子がどこにも見当たらないのだ。「ねえ、あとでかけ直すわ！」

気もそぞろに保留ボタンを押し、タビーは電話をほうりだして前庭に駆けだした。ジェイクがうろついていないのがわかって胸を撫《な》で下ろしたあと、まだ止まっている車をよく観察した。メルセデスのかなり高価なモデルだ。息子が遊んでいると思われるコテージの横にまわったとき、ジェイクがワゴン車の後ろから駆けだしてきた。サッカーボールが表の道路に向かって私道を転がっていく。

「だめよ、ジェイク……止まって！」タビーは声を限りに叫んだ。

だがその叫び声は、急に発進したメルセデスのエンジン音にかき消された。息子が車の前に走り出ないよう、タビーは必死に駆け寄ったが、間に合わなかった。タイヤがきしむなか、ドライバーはブレーキを強く踏んでジェイクをよけた。メルセデスはそのままがくんと道路べりに乗りあげ、車体を激しく震わせて止まった。

一瞬あたりが静まり返ったあと、ジェイクのおびえた声が響き渡った。タビーは我が子を抱きあげて私道に座らせ、じっとしているよう言い聞かせた。ドライバーの様子を見るために道路の向こうへ走ると、車のドアが開き、細身でブロンドの中年女性がよろよろと出てきた。顔から血の気が引いている。

「おけがは？」タビーはあえぐように、つたないフランス語で声をかけた。

女性は私道の端に立ちすくみ、ジェイクを凝視している。やがて彼女は声をあげて泣きだした。タビーも間一髪の出来事に肝を冷やしつつ、女性を抱きかかえてコテージへと促した。医者を呼ぶと申し出ると困惑顔をされたので、誰か呼んでほしい人がいるかと尋ねた。これも無言で否定された。そこで、ジェイクをひとりにしたことを慎重に謝った。

「あなたのせいじゃないわ。子供は子供ですもの」婦人はようやく英語で応じた。「坊やの無事をもジェイクが無傷なのがまだ納得できないかのように視線を注いでいる。その間よき神さま《ル・ボン・デュー》に感謝しなければ。あなたの……息子さん？　お名前は？」

「ぼく、ジェイク。ジェイク……クリスチャン……バーンサイド」ジェイクは丁寧に答えた。

婦人は震えていた。顔をそむけ、タビーがそばに置いたティッシュの箱からもう一枚引き抜く。そしてこみあげる嗚咽《おえつ》をこらえながら、婦人はやせた手でティッシュを細かくちぎった。

「ショックだったでしょう。さぞ驚かれたと思います」タビーは気遣わしげに言った。

「本当にお医者さまを呼ばなくてもよろしいんですか？」

「できれば……お水を一杯いただけるかしら」婦人は落ち着こうとして深呼吸をした。

「もちろんです」グラスを手に戻ったとき、ジェイクが車の話をしながら婦人の手を握っていた。タビーが自己紹介すると、奇妙な沈黙がしばし流れた。

「私は、マ、マネ」年輩の婦人はようやく口ごもりながら言い、赤くなった目を伏せた。

「マネ……ボナール。とても優しい坊やね。私が悲しそうだからって、キスをしてくれたわ」

タビーはいい機会だと思い、マダム・ボナールが悲しいのはなぜか、絶対に道に走り出てはいけないのはどうしてか、ジェイクに話して聞かせた。

「どうかジェイクを叱《しか》らないで……これからはもっと注意するでしょうから」マネ・ボナールの笑みは心からのものに思えたが、まだ瞳は潤んでいた。

「おばちゃんにもぼくみたいな子供がいる?」ジェイクがきいた。

「大きな子ならいるわ」

「その子も車が好き?」

「ええ、とっても」

「ぼくより背が高い?」それとわかるほどジェイクは背を伸ばし、持ち前の負けず嫌いの性格を発揮して黒っぽい目を輝かせた。

「ええ。もう大人だから」マネ・ボナールは申し訳なさそうに言った。

「いい子なの?」

「いつもというわけじゃないわ」

「ぼく、大人になったらうんと背が伸びて、うんといい子になるよ」ジェイクは自信たっぷりに告げた。

すっかり落ち着いてから戻ってほしくて、タビーは婦人にコーヒーを勧めてみた。婦人は丁重にうなずきつつ、ジェイクの遠慮のない質問に答えている。二人のやりとりを聞くうちに、寝室が十二部屋もあるパリのアパートメントに住んでいることや、この近くに避暑用の別荘を持っていることがわかった。

「ママ……マダム・ボナールにママの絵を見せてもいい?」ジェイクがきいた。

「ご迷惑じゃなければ、マドモワゼル」マネ・ボナールが言い添えた。「いろいろ集めていますの」

タビーはコテージに戻ってきて初めて、サンルームを見やった。アトリエにはしゃれた収納ユニットが置かれ、床はモザイク模様のすばらしいタイル張りに変わっていた。タビーが二枚の小さなカンバスを見せると、婦人はほれぼれと眺め、どちらも買い手がついていることを知って肩を落とした。

「これ以上お時間をとらせてはいけないわね、マドモワゼル」婦人は残念そうにため息をついた。

「ぼく、おばちゃんが好きになったよ」ジェイクがマダム・ボナールに言った。

婦人が熱心に相手をし、褒めそやしてくれるので、ジェイクが親しみを感じるのは当然だとしても、婦人が再び涙ぐんだのにはタビーも面食らった。

「本当に運転できますか?」タビーは案じた。

婦人はうつむき、申し訳なさそうにおずおずとタビーの手をたたいた。「どうぞご心配なく……そういうことじゃないのよ……ごめんなさい」婦人はわけのわからないことをつぶやき、そそくさと道の向こうに止まっている車に乗りこんだ。

タビーは、メルセデスが慎重に走り去るのを見て胸を撫で下ろした。

クリスチャンに電話をかけ直そうと家の中に駆け戻ったとき、ふと足が止まった。なぜ彼はいつも予想外のことばかりするのだろう。最後に彼と会ったときは腹が立ち、傷ついた。あの情熱の夜は自分の愚かさのせいにして忘れ去ることができると信じていた。人が望まないことを強いる彼の傲慢《ごうまん》さに愛想が尽き、過去を清算するのは無理だとあきらめた。ところがわずか一週間のうちに、クリスチャンはすべてをくつがえした。

ソランジュ・ラロッシュのコテージに住む権利を認めたあかしとして、彼は大変な手間と費用をかけてつつましい住まいを洗練された豪華な家に変えた。でも、どうせほかに家を探すつもりだから、リフォームする前の額でクリスチャンに売ればいい。

思い返すにつけ、クリスチャンに対する自分の弱さは許しがたく、弁解の余地はない、とタビーは思った。身も心も彼に奪われるままになり、再びベッドを共にしてしまった。二人が入れる広さのジャグジーは、彼があの夜の再来を望んでいる証拠だ。私に三歳児の子供がいるとも知らずに。柔らかなクリーム色のソファにもう泥んこの足跡をつけてしまった子供は、ほかならぬ彼の息子なのだ。どうやってそれを伝えよう？　まして、ジェイクはこの家にいる。タビーは息子を抱き寄せ、つややかな黒い巻き毛に顎を預けた。涙がまぶたをつつく。

「ママとぼくの服、車の中だよ」息子が言う。「取りに行こうよ」

荷物を運び終えてから、タビーはクリスチャンに電話をかけ直した。

「なぜずっと保留にしたんだ？」彼は問いつめた。

「違うわ……ボタンを押し間違えたのよ」少しかすれた声でタビーは答えた。

「何事かと心配したよ……今夜はどうする？」

声ひとつで鉄板の上に置かれた氷のようにタビーを溶かすのは彼だけだ。「こっちへ来たら？　八時ごろに？」

「三時間も待たされるのかい？」彼はうなった。

「ええ……悪いけど」クリスチャンが来る前にジェイクを寝かしつけてしまいたい。

「外で食事をしよう」

「来る前に食べてきて」

「食べる？　夜の八時前に？」いぶかしげにきく。

「フランス式にこだわるのはやめて……大事な話があるのよ」

短く張りつめた沈黙が流れた。

「ぼくもだ。食事を誘った相手に八時前にひとりで食べてこいと言われるとは心外だ」彼は皮肉った。

「じゃあ、あとで……」タビーは深呼吸をしてゆっくりと電話を切った。

スーツケース一個と、ジェイクのおもちゃが入った箱を二つ荷ほどきし、息子をジャグジーに入れ、簡単な夕食をつくった。食べながら眠ってしまった息子をベッドまで運び、カバーをきちんとかけてから、タビーは急いでシャワーを浴びた。それから、さらにスーツケースを二個引っ張ってきて、お気に入りのカーキ色のスカートと白いキャミソールのトップを見つけた。いつもはしない化粧をなぜするのか、自分でも不思議だった。ジェイクのことを話したあとでは、私の顔など彼の目に入らないだろうに。

クリスチャンとの対決を前に、タビーは緊張の塊となって部屋を行きつ戻りつした。パワフルなスポーツカーが外に止まる音が聞こえ、その場に凍りつく。ドアを開けたときは、冷静にふるまうという考えもどこかへ吹き飛んでいた。パールグレーの薄いデザイナースーツを着こなして大股でやってくる彼は、息をのむほどハンサムだった。

クリスチャンが投げてよこしたすばらしい笑みに、タビーの警戒心はもろくも崩れた。

「ぼくもばかじゃないよ、かわいい人《マベル》。予想はついている。妊娠の心配をしているんだろう！」

6

タビーは当惑して緑色の目を見開いた。「その……可能性があるの？」

「ぼくは万全を期したつもりだが、不測の事態は起こるものだ。電話の向こうで、きみは今にも泣きだしそうだった」表情豊かなタビーの顔から当たりをつけ、クリスチャンは広い肩をすくめた。「違うな《メ・ノン》……〝大事な話〟というのは」

「ええ……違うわ」

クリスチャンの澄んだ目の上で黒い眉が寄せられる。「病気とか？」

「私は健康そのものよ」

「それなら、何も心配することはないじゃないか、ぼくの天使《モナンジュ》」クリスチャンはドアを閉め、タビーの張りつめた両肩に大きな手を添えて引き寄せた。

タビーはあえいだ。「クリスチャン――」

「気をもませないでくれ。とても心配したんだよ」彼の物憂い口調に怒りはなかった。

「わかるわ、でも――」

クリスチャンは彼女の細い体を我が身にいっそう引きつけた。豊かな胸のとがった先が筋肉質の胸板に触れると、彼は男としての満足感からうめき声をあげた。両手はタビーの腰を支え、下半身の高まりを彼女に意識させている。

「電話があってから、きみのことばかり考えていたよ！」クリスチャンはおののくように深く息を吸った。このひととき、彼の頭の中には荒々しい欲望を満たすことしかなかった。タビーを壁に押さえつけ、抱えあげて何度も何度も彼女の中にうずもれたい。まったく獣並みだと気づいて、クリスチャンはショックを受けた。

彼と同じ飢えに襲われてタビーは身を震わせた。必死に自制心を働かせて、たくましい体から離れようとする。しかし、ブロンズ色の肌から放たれる独特のにおいが強い媚薬《びやく》のように彼女を包みこむ。タビーの心臓は激しく鳴り、本能に促されるまま、体をすり合わせて胸の頂のうずきを解放しようとした。

クリスチャンは小さく悪態をつき、長い指を彼女の髪にからませて顔を上向かせた。彼のくすぶるような熱い視線に、タビーは反射的に伸びあがった。その機を逃さず、クリスチャンは激しく唇を奪い、むさぼった。やがてタビーの膝から力が抜けた。

「きみの中に入りたい……」クリスチャンはうなり、ソファに座って自分の上にタビーをのせた。

タビーが身をこわばらせ、抵抗の始まりとも思える声をもらす。だが、彼女を言葉で諭すような愚を、クリスチャンは犯さなかった。キャミソールを引きあげ、胸を支える伸縮自在のインナーを手際よく外す。薔薇《ばら》色のつぼみをいただくふくよかな房がこぼれ出ると、彼はその豊かさを称賛して男らしいうめき声をあげた。白い房を手に包み、敏感に張りつめた先端を口に含んで転がす。タビーの喉もとから悩ましい喜びの声がほとばしり出た。

「だめよ……」タビーは必死につぶやき、わきおこる欲望の奔流と闘った。

彼女のすすり泣きを口で封じ、クリスチャンは下腹部を覆う三角形の布を誘惑するように指でこすった。「きみの体が大好きだ。きみの反応が――」

「私……話があるの」

「一時間もすれば聞ける状態になる。九日間の飢えが満たされたらね」彼はかすれ声で誓った。

興奮のあまり、タビーは息さえままならない。彼の愛撫《あいぶ》に、甘くとろけるような感覚は強まる一方だった。クリスチャンの肩をつかんで体を支え、どうしようもなく頭を反らす。「ぼくのことがどれくらい恋しかったか言ってくれ、かわいい人《マ・ベル》」悩ましく赤みを帯びた唇に問いかける。けれどもタビーは話ができる状態をとうに超えていた。すべての意識は、彼がかきたてる喜びに集中していた。

熱に浮かされたように欲望が高まり、タビーの全身が震えた。心臓は早鐘を打ち、巧みな手に狂おしく身もだえ、体の芯《しん》のうずきが恥ずかしげもなく彼女を高みへと押しあげる。

クリスチャンはもつれた髪に片手をからませ、キスを深めた。それだけでタビーは砕け散るほどの快感に襲われ、感極まった叫び声をあげた。

絶頂を迎えた忘我の喜びが引いていくに従い、タビーの意識は現実の自分の姿に向くようになった。クリスチャンは彼女を抱きしめ、フランス語で何やらささやいている。それから少しだけ体を離し、タビーのもつれた髪を額から撫《な》であげた。

クリスチャンはどきっとするほど魅力的な笑みをタビーに投げかけた。「ぼくをどんなに恋しがっていたか、言葉では言えなくても、体ではっきりと伝えてくれたね」感嘆をこめて、いたずらっぽくささやく。

タビーは髪の生え際まで真っ赤になった。彼はまだ上着さえ脱いでいない。自分だけが喜びに酔いしれたのだ。我を忘れてしまったことが恥ずかしく、タビーはぎこちない動作で彼の膝から下り、キャミソールを下ろして胸を隠した。今しがたの出来事があまりにもショックで呆然《ぼうぜん》とたたずむ間に、クリスチャンはスカートの乱れを直し、握りしめられた彼女の拳《こぶし》をてのひらに包んだ。

タビーを自分のほうに向けて、クリスチャンは言った。「きみの情熱はとても刺激的だったよ。それがどんなに貴重なことかわかるかい？　服のしわや髪の乱れを気にするような女性は欲しくない――」

「だったら売春婦と寝るのがいちばんね！」タビーは声を震わせ、泣き崩れる前にバスルームへ逃げこんだ。

だが、タビーはそこでもひとりきりにはなれなかった。クリスチャンがドアを細く開け、顔をのぞかせたのだ。

「これからレストランに行っておいしい料理をたっぷり食べ、飢えを満たし合おう……それで少しは気分がよくなるかな？」

タビーはヘアブラシを握りしめた。鏡に映る自分の情けない姿を見たあとでは、何をしても気分はよくならないだろう。「外出は無理よ……話があるの……私の話を聞いたら、あなたはきっと私を憎むわ」

バスルームに、重い沈黙が垂れこめた。

「ほかに男がいるとか？」クリスチャンは声を荒らげて尋ねた。

「いいえ」

「だったら問題はない……それ以外にぼくが耐えられないことは何ひとつないよ。ぼくは打たれ強いんだ」クリスチャンは自信たっぷりに断言した。「食事の間ずっと座っているのはつらいな。おなかもすいているが、食べ物だけじゃこの飢えは満たされない……何よりもきみが欲しいんだ」

タビーの喉が詰まった。「すぐに出ていくから、ラックにあるワインを一本開けるといいわ」

「二階で待っていようか?」クリスチャンのざらついた笑い声が響く。「切実に聞こえるとしたら、それが本心から出たものだからさ。苦しくてたまらない!」

「階下《した》にいて」タビーは落ち着かなげに言った。そしてきつく目を閉じ、涙をこらえた。彼を愛している。愛さないときはなかった。彼のすべてを愛している。あのユーモアも、強引さも、情熱も、エネルギーも。冷静な見かけとは裏腹に、ときおり顔をのぞかせる独占欲も。でも、私は彼に愛されていない。彼が狂おしく求めているのは私の体だけ。私の武器はそれしかない。

クリスチャンが来たときから、きちんと距離をおいておくべきだった。そうすれば、ジェイクのことも、もっと打ち明けやすくなっただろうに。ところがクリスチャンに触れられたとたん、彼以外のことは何もかもぼやけ、大事ではなくなってしまった。でも、一度だけ、一度だけでいいから自制を保たなくてはいけなかったのだ。我が子のために。

「何をそんなに心配している?」あふれんばかりの自信と落ち着きを見せて、クリスチャンはバスルームから出てきた彼女にワイングラスを渡した。半ばまぶたに隠れた黒い瞳は金色にきらめき、タビーの不安げな顔に強いまなざしを注いでいる。

「私の心配事は四年前にさかのぼるの」タビーは硬い口調で告げ、ワイングラスを乾いた唇に運んで傾けた。だが、とても喉を通りそうになかった。

「きみはぼくのもとに戻ったばかりだ。今のところ、過去は過去としてほうっておくほうが賢明じゃないかな」クリスチャンは物憂げに応じた。

「私が抱える過去の断片は、都合よく去ったり戻ったりしないのよ」タビーはつぶやき、膝の力が抜けるのを感じてソファに身を沈めた。そしてワイングラスを見つめてきりだした。「あの夏、私がピルをのんでいると言ったのを覚えているかしら？」

クリスチャンはとまどったように眉を寄せた。「ああ《ウィ》……」

タビーは気まずさを感じて彼の顔を見ないようにした。「ピルをのむようになったのは、医者の勧めなの。肌のトラブル――にきびがあったから。それで、三カ月分もらったんだけど、なくしてしまって、フランスにいる間はピルを切らしていたのよ」

「切らしていた？」クリスチャンが当惑してきき返した。

当時、どんなに自分が無知だったか認めるには勇気がいる。タビーは肩をすくめた。

「二週間くらいのまなくても平気だと思っていたの。ばかな考えだけど、しばらく服用したあとなら効果が持続するんじゃないかと」

「ということは」クリスチャンの声が真剣味を帯び、大きくなる。「ピルをのんでいなくても避妊できると信じていたのか？」

タビーはたじろいだ。「どならないで……ばかだったと自分でも思うけど、あのころはうぶで。細かい注意書きを読む気も起こらなかったわ。避妊のためにのむつもりなんか全然なかったから……あなたとつき合うこともわかっていなかったし！」

「信じられないな。避妊具をつけるよう、なぜぼくに頼まなかった？」クリスチャンは激しく食ってかかった。

「それは……」

クリスチャンのいかにも頑固そうな顎に力がこもった。「答えにくいだろうと思ったよ」

「いいえ、ただ決まりが悪かっただけよ。あなたはああいうのが嫌いだと言っていたから」

「なんてことだ《ジュッタロール》！」

「あなたに面倒をかけたくなかった。だから危険はないと自分に言い聞かせたの」悲しみと恥じらいのため息をもらす。「十七歳の私は自分が妊娠するなんて想像できなかった。自分には起こりえないことだと思っていたわ。でも、そうなったのよ」

そのひと言は、池に石を投げたかのように波紋を呼んだ。水面下で水が荒れ始めている。クリスチャンのオリーブ色の肌から血の気が引き、金色にきらめくすばらしい瞳は激しい緊張に揺らめいていた。

タビーはワイングラスに視線を落とした。「イギリスに戻ってから、妊娠を知ったの……つわりは、朝だけでなく、昼も夜もあったわ」抑揚のない小さな声で彼女は当時を振り返った。「話せば長く悲惨なものになるけど、息子は――」

「息子？」

「私たちの息子は、事故の審理が始まる三週間前に生まれたの」タビーは手を組んで震えを止めようと努めた。「あのときに言うつもり――」

「ばかな《ボン・デュー》……なぜもっと前に知らせなかった？」クリスチャンがどなった。

「あなたは携帯電話の番号を変えていたし、ドルドーニュの別荘に電話しようとしたけれど、あそこは売り払われていて、連絡方法がなかったのよ」

「そんなのは言い訳にはならない。もっと努力できたはずだ」

「あなたのように捜査を依頼する力もなかったし、ほかにも問題があったのよ！」タビーの怒りがはじけた。「父の遺言状により、遺産はすべて継母《ままはは》の手に渡ったわ。私の妊娠を知ると、継母は私を家から追いだした。もっとも、文字どおり、あの家は針のむしろだったけど。私は美術大学に入ったばかりで、友人の家の床に寝るしかなかった。そうしたら、母の妹のアリソンが私を引き取ってくれたのよ」

「叔母さんならぼくを捜す方法をアドバイスしてくれたはずだ……ぼくの航空会社に問い合わせるとかして」彼は一歩も引かず、皮肉たっぷりに指摘した。

「あの事故のあと、私をあっさり捨てて、口もきこうとしなかったことをお忘れのようね」

「事故とはなんの関係もない。ハーレーの男と一緒にいるきみを見たからだ」

「でも、私は知らなかった。ほかの男性と会っているとあなたが信じていたなんて。あの事故で私と縁を切ろうとしているとしか思えなかった。だから、身ごもったことを伝えるためにあなたを急いで捜さなかったのもうなずけるでしょう……私にもプライドがあったのよ！」

クリスチャンはすっかり色を失っていた。落ち着かない手を豊かな黒髪にかき入れ、目を暗く濁らせている。「早く要点に入ったらどうなんだ？　ぼくの息子を養子に出したんだな！」

クリスチャンがそんなふうに想像するのも、考えてみれば当然だ。彼が先月ロンドンを訪れたときも、前回タビーがコテージに泊まったときも、あたりに子供の姿はなかったのだから。「いいえ、そんなことはしてないわ。子供を手放すなんてできなかった。息子は二階でぐっすり眠っているわ……」

クリスチャンは黒い眉を寄せ、タビーを見つめ返した。今明かされた事実があまりにも衝撃的で、受け入れかねているのだ。「なんだって《コマン》？」

「息子の名前はジェイク・クリスチャン。出生証明書にはあなたの名前が記載されているわ。事故の審理に出たときに息子の話をするつもりだったけど」どうしても苦々しい声になってしまう。「あなたは私といっさいかかわりになりたがらず――」

「何を言っているんだ？」クリスチャンはタビーの言葉を遮った。本題以外の話は彼の耳には入っていなかった。「ぼくらの息子がこの家にいるというのか？　そんなばかな……」

「あなたがロンドンに私を訪ねてきたときは、託児所にいたわ。私がここへ初めてやってきたときは、アリソンに預けていたのよ」今のクリスチャンにはどんな説明も通じないことがわかり、タビーは立ちあがった。

「今、二階にその子が寝ているのか?」激しい口調でクリスチャンがきいた。

タビーは階段の下で足を止め、ささやいた。「あなたの……今の気持ちは?」

「信じられないな。信じ始めたら、きみに対して怒り狂うだろう」黒い瞳を金色に輝かせ、クリスチャンは真剣そのもののまなざしを彼女に注いだ。「先週、ぼくとベッドを共にしたときも、きみはひと言もそんな話はしなかった」

タビーは頬を紅潮させた。「わざとじゃないのよ――」

「息子に会いたい」

「眠っているけど……どうぞ」期待と怒りに燃える彼の目におびえたタビーは、二階に上がって踊り場を横切り、ジェイクの部屋のドアを押し開けた。

タビーの背後で石と化したように、クリスチャンは身じろぎもしなかった。ベッドには常夜灯がともっている。寝苦しい夜だったのか、小さな顔をほてらせたジェイクは、黒い巻き毛を乱し、上掛けを腰に巻きつけていた。クリスチャンは決然とタビーを押しのけ、部屋に入った。何をするのかと思い、彼女はおののいた。彼はひとしきりジェイクを見下ろしたあと、幅木に整然と並ぶおもちゃの列に目を向けた。それから長い息を吐くと、彼はひどくゆっくりとした足どりで部屋をあとにした。

踊り場に漂う濃い沈黙が耳を打つ。タビーは急いで一階へ下りた。

クリスチャンはすぐ彼女に追いつき、強い非難のまなざしを注いだ。「きみは身代金を要求しない誘拐犯みたいなものだ」

タビーは青ざめた。

「二度もぼくをだますとは。だが、今度ははるかにひどい結果を招いた」辛辣《しんらつ》に続ける。

「なんの罪もない子供を苦しませ――」

「ジェイクは苦しんでなんかいないわ」

「いや、苦しんでいる！　彼には父親がいないじゃないか！　子供にとってはいてもいなくても同じだなどと言うのはやめてくれ。母親のほうが大事だという差別的な発言も」

容赦のないクリスチャンの非難に、タビーは真っ青になった。「そんなことを言うつもりはないわ」

「当たり前だ……そのほうがいい」クリスチャンの憤りはなおも続いた。「ばかな女子学生がぼくの息子を育てようとしたと思うと、どんなに腹が立つか、きみには想像もつかないだろう」

「私をばか呼ばわりしないで」タビーの怒りが爆発した。「あなたみたいにコンピュータ並みとはいかなくても、私の頭はいかれてないわ」

「そうだろうか？」彼は剣のように鋭く切りこんだ。「妊娠中にもかかわらず、叔母さんが引き取ってくれるまで友だちの家の床に寝ていたと言ったじゃないか。ぼくに連絡していたら、なんの不自由もなかったのに。きみが連絡をよこさなかったのは、弁解の余地のない愚行だ！」

「あなたの話を聞いていると、連絡しなかったのはとても賢明だったように思えるわ。腐るほどお金があっても、あなたみたいな人はお断りよ！」

「親としてそうはいかないだろう。四年前、きみはおなかの子供を守る義務があった。いつから妊婦は床に寝るのがいいと言われているんだ？」

タビーは唇を固く結び、顔をそむけた。

「だが、今はジェイクのことがいちばんだ……きみの嘘《うそ》や、ぼくに対する気持ちがどうであれ。これはジェイクと彼の権利の問題なんだ」クリスチャンは手を振りあげて強調した。「最も基本的な権利は父親に扶養されることだ。それを、きみは拒んだ」

タビーは震える両手をきつく握り合わせた。てのひらは汗ばみ、目はひりつき、喉は痛いくらいに締めつけられている。どう努力しても、怒りをたたえた彼の目と視線を合わせられない。まるで喉もとをつかまれ、考えつく前にあらゆる弁解の言葉を奪われたようだった。ジェイクと彼の権利。息子には父親のことを知る権利があると思い始めたのは、つい最近のことだ。ジェイクもそろそろ気まずい質問をする年ごろになってきたからだ。

「私に対するあなたの気持ちから推して、あなたが息子のことを知りたがるとは思わなかったのよ」責めているように聞こえるのはわかっていたが、己の冷酷な態度が災いの種をまいたことを彼が認めようとしないのは、やはり許せない。

「その判断はきみがすることじゃない」

「わかったわ……事故の審理に出たときは、あなたが息子の父親だと言う決心をしていたのよ。でも、あなたは五分の時間さえ割いてはくれなかった」

頬骨がブロンズ色の肌の下で硬くとがったが、それでも彼は折れなかった。「問題がそれている」

「いいえ、そこが問題なのよ！」タビーは激して訴えた。あの日の恐ろしい屈辱感がよみがえり、体がこわばる。「私はジェイクのことを話したくてたまらなかったのに。あの日のあなたが私にどんなにひどい態度をとったか思い出す必要があるみたいね」

「ぼくは何も言っていないし、してもいない」

「私を足もとのごみ同然に扱ったじゃないの。だからあなたは何も聞かされない羽目になったのよ！」タビーは怒りをぶつけた。「私は二人だけで話したいと、すがりつくようにして頼んだわ。あなたのお高くとまった親戚《しんせき》・知人が勢ぞろいして、まるで私があの恐ろしい事故を起こした張本人みたいに憎々しげに見ている場で！」

クリスチャンは怒りに身をこわばらせ、顔からは血の気が引いていた。「ばかな《シエル》！　あの日のぼくは、父を悼むことしか頭になかった。人の態度などかまってはいられなかったんだ」

「そうね！　異国にひとりきりだった十八歳の私も、父の死を悼んでいたのよ」生々しい胸の痛みと、自分を弁護したいという思いに、タビーの体は震えていた。「でも、今のあなたの話しぶりも、あのときのあなたの態度も、悲しみを独り占めしたみたいな感じだったわ。あなたはお父さまを失った。でも、尊敬と愛情を持って、在りし日をしのべるでしょう。私にはそんな贅沢《ぜいたく》は許されない。父は飲酒運転で自分ばかりか、多くの命を奪ったんだから！」

クリスチャンは腹立たしげに両手を広げて反論した。「あの日、きみと距離をおいたのがそのためだと思うのなら――」

「どならないで！」タビーは憤って遮った。

クリスチャンは荒い息をつき、それからぎょっとしたように凍りついた。二階から奇妙な音が聞こえてくる。タビーは素早く気づいた。息子の泣きわめく声に母親の本能がひとりでに働き、階段を駆けあがる。ジェイクはベッドから起きあがり、おびえた顔でぼろぼろと涙をこぼしていた。

「車……車にひかれちゃった！」息子はべそをかきながら訴えた。寝入ったあとで目を覚ますほど悪い夢を見たのは何が原因か、それだけで察しがついた。

息子の小さな、震える体をタビーは両腕に抱き寄せた。「ただの夢よ、ジェイク……夢なのよ。車にひかれてなんかいないわ。大丈夫よ。怖かったけど、けがもしていないでしょう」声に慰めと強い励ましをこめ、タビーは静かに話して聞かせた。

だが、息子のそばに駆けつけた瞬間から恐れていたことが、早くも起こりかけていた。タビーが腕をまわしたとたんにジェイクは泣きやんだが、今は苦しそうにぜいぜい喉を鳴らしている。まずいのは、まだ目が覚めきっていないことだ。悪い夢の名残で、発作はいっそうひどくなっていた。

7

やせた小さな胸に必死に空気を送りこもうとするジェイクの姿を見て、クリスチャンは衝撃を受けた。怖いもの知らずの彼も、息子のことでは銃を突きつけられたような恐怖に襲われた。タビーは吸入器らしきものをつかみ、小さな男の子にあてがっている。ぼくのかわいい息子に。

「この子はどこが悪いんだ……ぼくにできることはないのか？」クリスチャンは心配なあまり、胃の調子までおかしくなりかかっていた。

「何もしなくていいわ。ジェイクは大丈夫よ」タビーのかすれた声には、これ以上息子を動揺させないよう必死で己の不安を隠そうとする努力のあとが表れていた。「軽い喘息《ぜんそく》の発作だから、気管支拡張剤で落ち着くわ」

クリスチャンは納得しなかった。なす術《すべ》もなく突っ立っているのも性に合わない。さっと踊り場に出て、携帯電話で医者に連絡をとった。

発作がおさまったあとも、クリスチャンはジェイクから目を離すことができなかった。

この子は見るからにラロッシュ家の血を引いている。ぼくと同じように黒い巻き毛が生え際のところで逆立ち、黒く潤んだ表情豊かな目は彼の父方の祖母とそっくりだ。褐色の肌はタビーの白い肌とは対照的で、ラロッシュ一族の肖像画に見ることのできる力強い顔だちは、早くもくっきりした骨格を成しつつある。ただ、長身で体格のいい血筋に逆らうかのように、ジェイクは痛々しいほど小柄でやせて見える。病気のせいで成長が遅いのかもしれないと、クリスチャンは悲しく思った。

タビーの緊張が解けだしかけたころ、クリスチャンはさも当然のようにジェイクのベッドの片側に腰を下ろした。ジェイクは目を丸くして、洗練されたスーツ姿の背の高い男性を見つめている。

タビーは当惑し、ぎこちない口調で息子に話しかけた。「ジェイク……こちらは――」

クリスチャンはジェイクの小さな手を握り、震えがちに口を開いた。「きみのお父さんだよ……父親だ。クリスチャン・ラロッシュ」

「クリスチャン!」思慮の足りない性急な紹介に驚いて、タビーは鋭くたしなめた。「この子を動揺させないで。また発作が――」

「パパ?」

ジェイクの大きな目が不思議そうにクリスチャンを見ている。

「パパ……お父さん。好きなように呼んでいいよ」名乗りをあげて息子の人生に堂々と根を下ろしたあと、クリスチャンは息子の小さな指を親指で撫《な》でた。父親がほほ笑むと、ジェイクも笑みを浮かべた。

「サッカー、好き?」ジェイクが唐突にきいた。

「試合はほとんど見逃したことがないよ」クリスチャンはためらうことなく嘘《うそ》をついた。

息子が生まれて以来、初めてのけ者になった気分で、タビーはジェイクとクリスチャンのやりとりを呆然《ぼうぜん》と眺めた。三歳と二十九歳の年齢差は、スポーツに興味のない女性が思うほどには大きくないことを、二人は見せつけている。もっとも、クリスチャンは砂漠で砂を売れるくらいに如才ない人だけれど。ベルの音が響き、タビーはぎくっとした。コテージにドアベルがついていることに、彼女はこのときになって気づいた。

「医者だろう」クリスチャンがすっと立ちあがった。

「あなたが呼んだの?」タビーはいくらか迷惑そうにきいた。

「行かないで、パパ」ジェイクが訴えた。

タビーが玄関のドアを開けると、スーツ姿の優しげな医師が立っていた。ジェイクを片腕で抱いたクリスチャンが、階段のいちばん上から年輩の医者に挨拶《あいさつ》をした。それからしばらく、タビーにはついていけない速さでフランス語が飛び交い、ジェイクが診察される間も、クリスチャンがひとりで医師の相手をした。タビーはときおりジェイクがロンドンで受けていた治療についてきかれる程度だった。

ようやく医師を送りだし、タビーはジェイクの寝室に戻った。クリスチャンが指を口に当てて彼女に無言を強いている。息子は父親の腕の中で寝入っていた。クリスチャンがこれほどたやすくジェイクの信頼を勝ち取ったことが、タビーにはショックだった。「私が寝かせるわ」

「また目を覚ますといけないから、このままのほうがいい」クリスチャンは断言した。

タビーは彼の腕からジェイクを奪いたくなり、そんな子供じみた所有欲を恥じた。「そんな体勢ではあなたが居心地悪いでしょう」

「いいだろう？　きみだけが親の愛情を注げるというのかい？」クリスチャンは皮肉をこめて尋ね、うつむいた息子の頭のほうへ、金色に輝く目を向けた。「今までできなかった分、たっぷりジェイクと過ごすつもりだ。どんな機会も逃さない。この子さえ居心地よければ、ぼくはひと晩じゅうここに横たわっていてもいい。自分が窮屈な思いをしようが、きみがどう思おうがね」

タビーの頬が赤くほてってった。まだ彼の挑戦を受けて立つ気になれない。今は手探りの状態なのだ。予想に反し、クリスチャンはジェイクが自分の子供であることをあっさり認め、ほかのどんな証拠も要求しなかった。それはそれでいい、とタビーは自分に言い聞かせた。本当なら、彼は怒ってしかるべきなのだ。この寝耳に水の事態にうまく向き合っているように見えるけれど、内心ショックを受けているに違いない。慣れるには時間がかかる。ジェイクの父親としてどんなことを強いられるか、彼は深く考えていない。そんな彼と言い争うのは賢明ではない。

タビーは壁際の椅子に座った。ジェイクを抱いて無事を確かめたい。でも、息子はクリスチャンの腕の中だ。彼女はしだいに気詰まりになった。「お医者さまをわざわざ呼ばなくてもよかったのに」何気なく口にする。「軽い発作だし――」

にわかにクリスチャンは挑戦的な目をタビーに向け、力強い顎を引き締めた。「ぼくには経済力がある。それを息子のために使うつもりだ。二人の顧問医に診てもらおう。この子には最高の治療を受けさせたい」

「まず私に相談するべきだとは思わないの?」高慢な態度に反発したくなるのを、タビーは懸命に抑えた。軽率な言動は控えたかった。

「三年半、きみがひとりで全部、息子のことを決めてきた。とうてい感心できないな」

タビーは唇を噛《か》みしめた。「不当な見方だわ」

「きみがジェイクとぼくを引き離したせいで、息子は恵まれた暮らしを奪われたんだ」クリスチャンは冷ややかに言った。「どうしてきみのことを正当に評価できると思う? きみこそ息子に対して不当じゃなかったのかい?」

「人生はお金だけじゃないのよ。私たちの子供はずっと愛に包まれてきたわ」

「ひどく身勝手な愛だな」クリスチャンは強烈な一撃を見舞った。「ぼくも、ぼくの家族もこの子を愛しただろうに。きみはこの子の文化的な遺産も奪ったんだ」

「なんの話をしているの?」彼を見すえたタビーは、意志の力をかき集めて喉を震わせる嗚咽《おえつ》がもれるのを防いでいた。

クリスチャンは値踏みするような厳しいまなざしをタビーに注いだ。「この子はブルターニュ語もフランス語も話さない。由緒ある家に生まれた唯一の子供なのに。ぼくの家族にとっても大切な子供だ」

「本当に? あなたに私生児の息子がいて、その母親がゲリー・バーンサイドの娘だと知っても、ご家族は喜ぶかしら?」タビーは苦しげに言い返した。

「フランスでは、婚姻外の子供も婚姻内の子供と同等の権利が認められている。ぼくの家族がショックを受けるとしたら、ぼくが息子に今日初めて会って、その子がこの国の言葉も話さず、ラロッシュ家の人間と関係を絶たれていることだろう」クリスチャンは冷ややかに断言した。

タビーの背筋に寒けが走り、腹部にまで広がった。伏せたまつげの奥から、苦痛とともどいの目を息子とその父親に向ける。髪の色も肌の色も同じ、二十九歳の男性と小さな男の子。ジェイクの豊かな巻き毛を撫でる彼の手が震えている。クリスチャンは平静を装っているにすぎないのだ。

「この子、あなたにそっくりだわ」タビーは思わずつぶやいた。

「わかっている」クリスチャンは突き刺すような非難の目を彼女に向けた。「ぼくと息子によくこんなひどい仕打ちができたな？」

「クリスチャン――」

「いや、聞いてくれ」小声だが、タビーを黙らせるにはそれで充分だった。「この子が生を受けた瞬間から、最良の人生を送れるよう、ぼくらは努力しなくてはならなかった。この子に必要なものをそろえてあげることが、きみやぼくの望みよりも優先されることを、きみは出産前に気づくべきだった。ぼくがこの子の人生に加わった以上、何を、誰を最優先するべきか、きみも忘れないでくれ」

タビーの耳に、それは脅しのように聞こえたが、考えさせられる真実を含んでいた。もっとも、事故の審理の日に、取るに足りない人間のように扱われてどんなに傷つき、屈辱にまみれたか、クリスチャンには理解できないだろう。子供ができたことを告げたら、ますます軽蔑《けいべつ》されそうだった。私には敬意も思いやりもまったく示さなかった彼が、息子にははるかに寛大な態度をとっている。それをどうして褒められるだろう？　とはいえ、私が別の男性とつき合っていたと誤解していた彼の事情もくんであげなくてはいけない。

目を覚ましたとき、タビーは服を着たまま、自分のベッドにいた。椅子でうたた寝していた私をクリスチャンが運んでくれたらしい。すでに九時をまわっている。タビーはベッドから這《は》いだした。ジェイクの乱れたベッドはもぬけの殻で、パジャマが床に落ちている。

眉を寄せながら階段を駆け下りると、コテージには誰もいなかった。クリスチャンと息子を引き離したのは誘拐同然だと彼が責めていたことを思い出し、彼女は恐怖に襲われた。暖炉の上に乗っているメモを読むのが怖かった。そこには、ジェイクを連れてフェラーリでドライブしてくると、書かれていた。タビーはためていた息をゆっくりと吐いた。ジェイクがモデルカーのような父親の車に乗りたがるのは、当然と言えば当然だった。よく晴れた暑い夏の朝だった。タビーはワードローブから緑色のサンドレスを出して、シャワーを浴びに行った。クリスチャンは私にひどく腹を立て、ひどく辛辣《しんらつ》だった。その気持ちを克服し、私の立場からも見てくれるようになるだろうか。今、二人を結びつけているのはジェイクだけなの？　彼が息子との絆《きずな》を深めたがっているのは確かだ。いちばん大切なのはそのことなのに、涙で目頭が熱くなる。

外で車の音が聞こえるや、タビーは玄関へと急いだ。ところが驚いたことに、道をのぼってきたのはマネ・ボナールだった。小脇《わき》に何か、にぎやかな包装紙でくるんだものを抱えている。

「きのうのご親切にお礼を言いたくて。坊やにささやかなプレゼントを持ってきたんだけど」年輩の婦人は堅苦しく言った。「ちょっとお話ししてもよろしいかしら、マドモワゼル？」

タビーは一瞬、当惑に身をこわばらせてから、ぎこちない笑顔で客を招き入れた。

「きのうは自分の身元を隠していたのよ。あまりにもばつが悪かったもので」ブロンドの婦人は顔を苦しげに赤らめて打ち明けた。「マネ・ボナールというのは嘘で、私はクリスチャンの母、マティルド・ラロッシュです」

「まあ！」タビーは驚きの声をあげた。

「ここに来たのは、あなたを偵察するためだったのよ」マティルドは張りつめた声で認めた。頬はまだ紅潮している。「この家にいる権利はあなたにないと思って。私の息子といる権利もね」

タビーがコテージを初めて訪れた週、クリスチャンがここで一夜を共にしたことを婦人は知っているのだろうか、とタビーはいぶかった。ゆうべも彼はひと晩ここで過ごしている。タビーは婦人の目を見ていられなくなった。なんと言えばいいのか、ひと言も思いつかない。

「あなたのことはよく知らなかったし、会ったこともなかったわね。四年前はあなたを憎んでいたから……その、あなたが――」

マティルドの目に涙があふれるのを見て、タビーは同情をこめて小刻みに震える婦人の手を取った。「わかります……本当に――」

「私は悲嘆のあまり、心がねじれてしまったのよ。でも、愛する息子をほかの女性に取られるのを恐れていたのかもしれないわ」マティルドは震えがちに息をついた。「言い訳にもならないわね。きのう、あなたを見てその若さに驚いたけれど、坊やに会ったときはショックだったわ」

クリスチャンの母親はバッグから写真を取りだし、タビーに手渡した。それはクリスチャンが五歳か六歳のころのスナップで、タビーは思わず見入った。

「ジェイクは父親に生き写しね」マティルドが言う。

婦人がプレゼントを持ってきたのはジェイクの存在を認めたからこそだろう。そう思ってタビーはほほ笑むだけにした。「ええ」

「自分のふるまいがとても恥ずかしいわ。孫の姿を見たときは天罰だと思いました」マティルドは深く悔いた。「クリスチャンはジェイクのことをいつから知っていたの？」

タビーはたじろいだ。「実は、彼にはゆうべ話したばかりです」

「ずいぶん前、伯母のソランジュがあなたとクリスチャンのことを私に話そうとしたの。事故がどんなふうに起こったか、私たちはそれを許し、先へ進まなくてはならないって。なのに私は耳を貸さなかった。あまりにも頑《かたく》なで、自己憐憫《れんびん》の極みにあったのね」マティルド・ラロッシュの苦しげな顔には罪の意識が刻まれていた。

タビーは婦人に座るよう勧めた。

「実は、アンリは昔から車を飛ばしていたの。事故に遭ってもおかしくないほどに」張りつめた沈黙が流れた。タビーも勇気をかき集めて口を開いた。「あの夜、父は夕食のときに私の継母《ままはは》と激しく言い合ったんです。継母はレストランを飛びだし、タクシーで農場に戻りました」

「だから、お父さまの奥さまは、衝突のときに同乗していなかったのね」マティルドはゆっくりとうなずいた。「前からそれが不思議だったのよ」

「父の弁解はしないつもりです。でも、わかっていただきたいのは、あの休暇まで、父がお酒におぼれる姿は見たことがありませんでした」静かな声で言う。「父は私の実の母が亡くなってまもなく再婚しました。あの夏はとても不幸でした。若い妻とうまくいかず、再婚が大きな失敗だったと思い知って、父はお酒に逃げたのかもしれません」

「あなたのお母さまとはお幸せだったの?」

「とても……」タビーの目が潤んだ。「二人はよく語らい、ふざけ合ったりしていました。母が死んで父は打ちのめされたんです。寂しさを紛らすために継母との結婚に走ったんでしょうね」

「主人を亡くしたあと、私もそんな感じだったわ」マティルドはつぶやき、正直に話してくれたことを感謝するかのようにタビーの手を優しくたたいた。「私もやりきれなくて、悲しむだけの人生になってしまったのよ。ジェイクを見たとき、人生は私がいなくても続いていくものだと知ったわ。私が親しい人たちを不幸な目に遭わせていたんだ、と」

「ジェイクのことはお気になさらないんですね?」

マティルド・ラロッシュは驚きの目をタビーに向けた。「どうして私が？　すばらしい坊やよ。あの子が生まれてくれて本当にうれしいわ」

「ジェイクはけさ、クリスチャンと出かけました」

マティルドは立ちあがった。「二人が戻ったときに邪魔になってはいけないわね。でも、もうおわかりでしょうけど、許されることなら、喜んであなたと、そして私の孫と仲良くなりたいわ」

タビーはほほ笑んだ。「私たちも喜んで」

「きのうのことを私の息子に話すんでしょう？」

「いいえ、クリスチャンが知らないほうがいいこともあるんじゃないでしょうか」冗談のつもりで言ってから、彼の母親には通じないかもしれないと不安になった。けれどもマティルドの瞳には驚きだけでなく、よくぞ言ったというような、愉快そうな輝きもあり、帰るときにはくすくす笑っていた。

昼近くになっても、クリスチャンとジェイクが戻ってこないため、タビーは落ち着かなくなった。

クリスチャンがジェイクを連れだしたのは私に思い知らせるためではないのかしら？　そんなふうに考えるのはばかげていると自分に言い聞かせながらも、いっこうに不安はおさまらない。昼ごろにようやく車が止まる音がして、彼女は玄関へと急いだ。

黒のジーンズとはやりのシャツを第二の肌のようにまとったクリスチャンが、緋《ひ》色のアストンマーチンV８からさっそうと降り立った。それから、後部座席に座っていたジェイクを抱きあげた。

タビーは顎が外れそうになった。最後に見たとき、三歳の息子の黒髪はかわいらしくカールしていた。だが今、その巻き毛はどこにも見当たらない。床屋で刈りこまれたらしい。

「この子に何をしたの？」タビーは思わず叫んだ。

クリスチャンは挑むような目で彼女を見た。「女の子っぽい髪型をやめさせたんだ。知らなかったかもしれないが、男の子の巻き毛ははやらないよ」

「あれは女の子っぽいよ」ジェイクは父親そっくりのフランス語なまりをにじませて母親に教えた。それから苦心して父親と同じ姿勢をとった。

「女の子っぽいかどうかは見る人しだいよ」タビーは反論した。

「女の子っぽいのは誰が見ても女の子っぽい」クリスチャンが反論する。

息子は自分のものだ。クリスチャンはそう主張しているのだろう。いくら親になったからといってそこまでしなくても、とタビーはやりこめたかった。しかし、二人が戻って何よりだと思い、彼女は彼の好戦的な態度を無視することにした。心を奪われるこの二人の異性を、ほれぼれと眺めずにはいられない。息子の巻き毛がないのは寂しいが、確かに短く刈ったほうが格段に男の子っぽい。クリスチャンはたまらないほどセクシーで、あらぬ想像をかきたてる。タビーの口の中は乾き、息遣いが荒くなった。ソファで抱き合ったときの感覚がよみがえり、膝が震えだす。彼女はそんな自分の弱さを恥じた。

「けさは何時に起きたの？」タビーはクリスチャンから目をそらしながら尋ねた。

「ジェイクは七時だ。だからまず朝食に連れていった。さあ、玄関ドアをロックして」クリスチャンは促した。「きみもドライブに誘いたい」

タビーは言われたとおりにして、パワフルな車の助手席に座った。「ほかにどこへ行ってきたの？」

「パパがいろんな車を見せてくれたよ。ぼくは小さい車、パパは大きい車を持っているんだ」ジェイクがさえずるような声で答えた。

ジェイクは早くもパパと呼んでいる。それも誇らしく。タビーが目の隅で見ると、クリスチャンは満足そうに口もとをゆるめている。午前中、床屋に行ったり車の話をしたりして絆を強くしたらしい。二人が意気投合してタビーもうれしかった。

巨大な門柱の間を車が走り抜けると、タビーははっとして物思いから覚めた。「ここはどこ？」尋ねながらも、答えはわかっていた。矢のようにまっすぐな長い私道の先には、木立に囲まれた城がある。

「ぼくたちのおうちだよ！」ジェイクが宣言した。

「なんですって？」タビーはあえぎながら言った。

「デュベルネだ。ぼくも着替える必要があって、朝食に出かける前にジェイクを連れてきたんだ」クリスチャンはなんとも気軽に打ち明けた。

「大きいわ……」私道の突き当たりの古めかしい城は、近づくにつれてますます大きく感じられる。

「ぼくはどこで寝るの？」ジェイクがきいた。

「あとで案内するよ」クリスチャンが息子に答えた。

事もなげな返事にタビーは凍りついた。クリスチャンは車を止め、素早く外に出て、ジェイクを抱きあげた。そこへ、満面の笑みを浮かべたふくよかな女性が近づいてきた。

「ぼくの子守《ナニー》をしていたファンションだ」クリスチャンが紹介した。ジェイクはその女性に手を取られ、とまどうタビーをよそに、庭園に入っていった。

「ジェイクのいないところで話したかったんだ」クリスチャンは彼女に説明した。

卵形のほてった顔をこわばらせ、大理石の広いエントランスで足を止めるなり、タビーは怒りに燃える緑色の瞳でクリスチャンを凝視した。「なぜジェイクは自分はどこで寝るのかってきいたの？　それになぜ、ここを自分の家みたいに言ったの？」

「おしゃべりな三歳児と秘密を持つのは難しいな」彼は扉を開け、一歩下がってタビーを促した。

「私の耳には秘密というより空想に聞こえたわ！」タビーは鋭く言い返し、アンティーク家具でしつらえられた優雅な応接室に入った。

「そうかな？　デュベルネはぼくの息子にふさわしい場所だ」

挑戦的に輝く彼の冷淡な目に、タビーの腹部が恐怖に震えた。「今は私といるほうがふさわしいわ」

「ずっとそうあってほしいな」彼の言葉の何かがタビーのうなじの毛を逆立たせた。「子供には父親だけでなく母親も必要だ」

「ご信任ありがとう」タビーは反抗的に顎を上げたが、心臓は早鐘を打ち、胸が締めつけられる思いだった。「でも白状すると、あなたがわざわざそんなことを言う理由がさっぱりわからないんだけど」

クリスチャンは微動だにしない。「ぼくは広い心できみに申し出ようと思っている」

「受ける気はないわ」

「話を最後まで聞くか、この件を弁護士に扱わせるかだ。選ぶのはきみだ」なめらかな口調で言う。

「この件も何もないわ」タビーの手は自然に拳《こぶし》を握り、てのひらに爪が食いこんだ。「ジェイクとは好きなだけ会ってちょうだい。あなたが息子と一緒に過ごしたがるのは私もうれしいわ。弁護士を引っ張りこむ必要などないのよ」

「本来ならね。ところが、ぼくはきみとジェイクに一緒に住んでもらいたいんだ」

タビーの乾いた口の中から不安な笑い声がもれた。「いつもあなたの思いどおりにはいかないのよ」

「そうかな?」あからさまな反発をこめて漆黒の眉が持ちあがる。「ぼくは息子ともっと会えるように条件を出す権利がある。それを受け入れることさえできないなら、親権訴訟を起こすしかないな」

タビーも今度ばかりは笑えなかった。彼の警告と自信に打ちのめされていた。

8

ジェイクの親権を巡ってクリスチャンと争う。そう思っただけでタビーはひるんだ。彼女が息子にあげられるものと言えば、愛情しかないからだ。しかし、必死に平静を保とうとする一方で、タビーは問わずにはいられなかった。「あなたの条件は、はっきり言ってなんなの?」

クリスチャンは、あたかも彼女がすでに降参したかのような会心の笑みを浮かべた。タビーは彼をひっぱたきたくなった。

「きみとジェイクがぼくの家に引っ越し——」

「引っ越す?」タビーはきき返した。「そうなると、私はどういう立場になるのか説明してちょうだい」

「きみには何箱ものセクシーなランジェリーを買ってあげよう。これ以上は無理というまで愛し合えるように……それに、ほとんどの女性がうらやむような生活を送れるだろう」

彼をたたきたくて、タビーのてのひらはますますうずいた。「あなたが飽きたらどうなるの？」

「お互いに礼儀を保てばいい」

「私にはできないわ。今もあなたを殺したいくらいよ。私がそんなでたらめな取り決めに応じると思うなんて、どういう神経をしているのかしらね」

「きみも望んでいるんだろう？　でなければ、なぜブルターニュに来た？」

「なんですって？」

「売却することもできたのに、きみはデュベルネから三キロ以内にあるコテージに息子を連れてきた。そのことが物語っているよ、かわいい人《マ・ベル》」

　クリスチャンの得意げなまなざしに、タビーの頬は赤く染まり、大声でわめきたくなった。

「きみもぼくとの再会を望んでいたのは明らかだ」

「嘘《うそ》よ！」タビーは我慢しきれずに叫んだ。

「ベッドを共にする機会にさっそく飛びついたじゃないか」

「消えてちょうだい、クリスチャン」タビーは彼の横を大股で通り過ぎた。

「まったく《ジュッタロール》……ぼくも同じように飛びついた」物憂げに言う。「どんなに腹が立っても、二十四時間きみを求めないではいられないんだ」

「二十四時間？」タビーはいぶかしげにきいた。

「きみの夢まで見る」クリスチャンはうなった。

タビーは不意に浮かんだ笑みを押し隠した。私に欲望だけを感じているとしたら、いつも彼はつらい思いをしているはずだ。そう思ったとたん、笑いたいという気持ちが失《う》せた。ブルターニュでクリスチャンとまた一緒になれるのではないかと、自分も心ひそかに期待していたのでは？　彼は私のことを私以上に知り抜いているのだろうか？

とにかく今は、クリスチャンとの気ままな関係など考えられない。自分のすることがすべてジェイクに影響するのだ。すでに息子は大きな変化に向き合っている。フランスに連れてきたことで、今までなじんだものを何もかも奪ってしまった。でも、再出発がお互いのためになると思って決断したのだ。クリスチャンと再び関係を持ったのは愚かな間違いだったと潔く認め、二度と同じ過ちを繰り返さないよう心してかかろう。両親が一緒になり、また別れたら、ジェイクは深く傷つく。家や暮らしがくるくる変わって心が引き裂かれてしまうに違いない。あの子が安心できる環境を築かなければ。

「数カ月もしないうちに礼儀も何もなくなる関係に走るのは、ジェイクにとってよくないわ」

「決して嘘をつかず、バイクの男たちともたわむれないよう、せいぜい努力をするんだな」クリスチャンは皮肉をこめて冷ややかに言った。

「自分は完璧《かんぺき》だとうぬぼれず、私にだけ努力を強いたりしない男性と一緒にいるほうがましよ！」過去の過ちを蒸し返され、緑色の瞳が反抗的に輝いた。彼にも落ち度はあったのに、それには目をつむっているのが腹立たしい。「話し合うことはもう何もないわ。勝手に弁護士を呼んでくれればいいのよ」

クリスチャンはしなやかでたくましい体をこわばらせ、いきなりタビーの肩をつかんで引き寄せた。

タビーは唖然《あぜん》として彼を見あげた。「何をするつもり？」

「言う必要があるかな、かわいい人《マ・ベル》？」クリスチャンはかすれ声でたしなめた。

力強い体に押さえこまれたタビーは、熱くたぎった彼の欲望を狂おしいほどに意識した。はねつけなくてはいけないのに、その気力がわいてこない。反対に、とろけるようなうずきが体の芯《しん》にあふれた。まるで自分のものだと言わんばかりにクリスチャンはキャラメルブロンドの髪に指をうずめ、柔らかく熟れた唇に嵐《あらし》のごとく襲いかかった。

早くも深い情熱の中に引きこまれ、タビーは飢えと恐れの入りまじったうめき声をもらした。彼の引き締まった体を揺さぶり、我慢の限界まで誘いたい。そして、どこでもいいから平らなところに身を置いて、官能の喜びを味わいたい。あまりにも強い欲望におののき、タビーは彼から体をもぎ離した。

「わかった《ダコール》……オーケー」今までにない力で彼女に拒まれ、クリスチャンは頭に銃を突きつけられた気がした。「引っ越すときは、結婚指輪つきだ」

衝撃のあまり、タビーは目をしばたたいた。「それを十分早く言うべきだったわね。もしかしたら、さっきのはプロポーズのつもりだったの？」

クリスチャンは黒髪に指をかき入れ、焼きつくすようなまなざしを注いだ。「ほかにないだろう？」

タビーは顔をほてらせ、ハンサムな浅黒い顔から目をそらそうとした。彼は何ひとつ言い訳をしなかった。結婚もいとわないほど、私を求めているということだ。「本気なの？」「結婚すれば、ジェイクにちゃんとした家庭ができる……」言いながらクリスチャンは、二十四時間、タビーを待機させるという満ち足りた夢から抜けだそうとした。二階にある四柱式の金色のベッドにくつろぐ彼女の姿が浮かぶ。そして、ぼくの昼休みにはパリのアパートメントに駆けつけ、セクシーなランチのお供をする。出張にも付き添い、空の上やホテルのベッドでのひとときを楽しませてくれる……。

タビーはまだ呆然《ぼうぜん》とし、彼の言葉を信じるのが怖かった。「ええ、でも――」

「あの子にはぼくたち二人が必要だ」それにナニーも。悩ましい白昼夢が多少現実味を帯びるのは仕方がない。

結婚指輪は彼の決意の表れだと思い、タビーの胸に幸福の光が宿った。でも、なぜ結婚のことを最初にはっきり言わなかったのか？　光が少しあせていく。最終手段として結婚を思いついたにすぎないのだろうか、私をベッドに縛りつけておくために？

クリスチャンがジェイクのために進んで自由を手放すとは考えにくい。たとえそうであったにせよ、結婚を支えるには、ベッドと、よき親になりたいという願い以上のものが必要だ。あるいはクリスチャンを誤解しているのだろうか。私を愛してないからといって、温かい気持ちがないとは限らない。

「私たちのことは？」タビーは不意にきいた。

「ぼくらのこと？」クリスチャンは当惑した。

「あなたと私……あなたが私にどんな気持ちをいだいているか」タビーはぎこちなく言った。

クリスチャンはかすれた笑い声をあげ、官能的な熱い視線を彼女に浴びせた。「欲望さ」彼はなんのためらいもなく言った。

「そうじゃないの。気持ちというのは……」タビーは意を決した。悔しくても、言うしかない。「その……愛のことよ」

思いがけない言葉に、クリスチャンはあとずさった。「愛とこれと、なんの関係があるんだ？」

タビーの心は沈んだ。こんな明快な返事はめったにない。愛という言葉を聞いただけで、彼は敬遠するどころか、嫌悪感をあらわにした。タビーの夢はそこで終わったも同然だった。でもプロポーズはしてくれた……形だけは。恥ずべき本能から、まずプロポーズを受けたらどうかと思う。条件のことはあとでうまく話をつければいい。ただし、タビーが真剣に考えていることを、彼はひどく軽んじている。結婚は生涯のものであってほしいのに。

「区役所で挙げる民事婚なら、十日かそのくらいで準備が整う」クリスチャンが言った。

「まだ、結婚するとは言ってないわ」

クリスチャンは自信をみなぎらせ、金色の光を帯びた黒い瞳にからかいの色を浮かべた。

「式の手配はぼくがしておくよ……さあ、おいで」

クリスチャンは貪欲《どんよく》な目をして、少しずつタビーを引き寄せた。二人が今、決定的瞬間に向き合おうとしていることが、タビーにはわかった。これまで、彼との将来を思い描いたこともなければ、何かを要求したこともない。最初から彼を愛していたのだ。脳ではなく心の命ずるままにふるまい、それゆえあんなひどい結末に苦しんだ。

でも、今はジェイクのことを第一に考えなければ。クリスチャン自身が強調したように、身勝手な欲望よりも息子のことが先だ。だからこそ、彼もプロポーズをする決心がついたに違いない。残念ながら、セックスを中心に据えた結婚が半年もつとは思えないけれど。親の離婚でジェイクの人生が影響を受けないよう彼も努力してほしい、とタビーは願った。

「今のところ、結婚するとは言ってないわ」タビーは張りつめた声でクリスチャンに告げた。

黒い眉を寄せ、彼は再びあとずさった。「だったら、どうするんだ？」

「結婚したいけど、できるかどうか。私たちがうまくやっていけるという理由が――」

「息子もいるし、強烈に惹《ひ》かれ合ってもいる」

「もしうまくいかなければ、いちばんの被害者はジェイクよ……いがみ合って別れる夫婦は多いし」

「いつもそんなに楽観的なのかい?」彼が皮肉った。

「あなたが言うように、ジェイクのことをまず考えているのよ」タビーは顎をぐいと上げた。「結婚する以上は、うまくいくよう必死に努力するつもりだけれど、あなたも同じかどうか確信が持てないの」

クリスチャンはいらだった。「どうして?」

「あなたの人生は順風満帆《まんぱん》すぎるのよ。ハンサムでお金持ちで仕事にも成功を収めている。ただ、人間関係で努力することには慣れていないわ」

意志の強そうな顎が好戦的に上向いた。「その必要があれば、努力はできる」

「私を最寄りのベッドに引っ張りこむのは別よ」恥ずかしくても言っておくべきだ、とタビーは思った。

「いつからきみを引っ張りこまないといけなくなったんだ?」クリスチャンはあざけった。

「これじゃあ堂々巡りだな、かわいい人《マベル》」

「いいえ、あなたが私の話を聞かないだけよ。結婚はしたいけれど、私が間違った選択をしたばかりにジェイクが苦しむような、悲しい結果に終わるとしたら――」

「万事うまくいくという保証はないな」

「あなたが私を愛してくれたら、ほかには何もいらないのに」

「愛がなくてもきみを幸せにできる」クリスチャンは自信たっぷりに言いきった。

「私を幸せにするために、どこまで努力を惜しまないつもり?」タビーの心にある考えが芽生えた。

「ぼくはあきらめることを知らない人間だ」

「結婚できるようになるまでに十日あると言ったわね。だったら、それまでに私を説得して」

「説得?」クリスチャンは顔をしかめた。「話についていけないな」

「式までの間に、私がこの結婚に納得するようにしてみせて……ただし、別々のベッドで寝るのよ」タビーは急いでつけ加えた。

生き物のように、沈黙がうごめいた。

クリスチャンは冷笑を浮かべて彼女をしげしげと見た。「冗談だろう?」

タビーは身をこわばらせた。「いいえ。私たちはふつうの関係じゃなかったでしょう」

「ベッドを別にするのが〝ふつう〟なのかい?」

「あなたがまずそこに目をつけること自体、ふつうじゃないのよ」

「ぼくは男だ。別々のベッドには少しも魅力を感じないと正直に言っているにすぎない」

「私はできるだけ一緒に過ごして、食事に行ったり、いろんなことをしてみたい……今まで一度もなかったから」タビーは唇を噛《か》みしめた。「誰とも。あなたに出会うまで、グループで出かけたりすることはあっても、デートというほどのものではなかったわ。そのあとは子供ができたし」

クリスチャンは身じろぎもしなかった。「ジェイクが生まれてからはどうなんだ？」

親になると生活がどれだけ一変するか、彼が少しも理解していないのが滑稽《こっけい》に思え、タビーはくぐもった笑い声をもらした。「男子学生の目から見れば、シングルマザーなど魅力がないわ。もっとも、デートの時間もなかったし。勉強と、ジェイクの世話と、生活費を稼ぐための夜のアルバイトで」

なんの前触れもなく、罪悪感がクリスチャンを襲った。さも当然のように恵まれた人生を送ってきた自分をいやおうなく意識した。十代で我が子の面倒を見るのがどんなに大変か、想像しただけで身震いしそうになる。タビーはその年齢で負うべきものよりもはるかに大きな責任を負わされたのだ。ジェイクを身ごもって、自由も楽しみも奪われた。それでも大学を卒業したのは立派というほかない。

「だからってデートに誘われなかったわけじゃないのよ」そのことも知っておいてほしかった。

「なぜ、誘いに乗らなかった?」

タビーは顔をしかめた。「すでに子供がいることで、体を許すのが当たり前のように思われがちなのよ。相手のそういう気持ちが伝わってくるから、デートは面倒でしかなくなったの」

クリスチャンの力強い顔が張りつめた。「答えなくてもいいが……ぼく以外に誰かいたのか?」

タビーが驚いて見あげると、強いまなざしにぶつかった。彼女は耳まで赤くなり、恥じらいがちに否定した。

クリスチャンはなぜか胸を締めつけられ、深く息を吸いこんで顔をそむけた。息子が貞操帯の役目を果たしたとは。彼女がぼく以外の誰のベッドにも入らなかったことを喜ぶ自分が恥ずかしい。十七歳の少女の人生を台なしにしたのは、明らかにこのぼくなのだ。皮肉にも、相手に避妊を任せたのはあの一度きりだった。なぜだ? それは用心よりも快楽を取ったからだ。

「わかった《ダコール》……」不快な義務を担う覚悟をしたかのように、クリスチャンは広い肩をいからせた。「きみをセックス抜きで幸せにできることを示せばいいんだな……それでぼくも幸せになるとは思わないでほしいが」

「驚くべきことが起こるかもしれないわ」

「そこまではどうかな」彼は物憂げに言った。

二人はジェイクと一緒に、広いダイニングルームで昼食をとった。部屋の両側には、立派ではあるが陰気くさい祖先の肖像画が並んでいた。

食後、クリスチャンはこれからみんなでパリに行くと宣言した。「今日の午後、ジェイクを専門医に診せることになっているんだ」

「早いのね」息子の健康のためなら、よけいな口出しをする気はない。「お金にものを言わせて――」

「いや。専門医は友人なんだ」

タビーはばつが悪くなり、頬を染めた。

いったんコテージに戻って荷造りしたのは、街でひと晩泊まろうとクリスチャンが提案したからだ。タビーがバッグのファスナーを締めているとき、ジェイクがタイル張りの床におもちゃのブロックをまき散らす音が聞こえてきた。うなりたくなるのを我慢して振り返ると、クリスチャンが寝室の戸口に立っていた。信じられないほど背が高く、あまりにも魅力的な姿に、タビーの腹部が引きつった。

「きみたちはここには住まない」彼が言った。

タビーはどちらでもかまわないというように肩をすくめた。

「ぼくは勝つためにゲームをする……」クリスチャンはよどみない口調で続けた。

タビーはまつげを伏せ、驚くほどまっすぐな彼の視線を避けた。重い沈黙が流れるなか、悩ましい空気が色濃く立ちこめ、タビーの心臓は激しく収縮した。震えがちに息を吸いこんだとたん、胸の頂がブラジャーのレースに当たって硬くとがり、顔はかっと熱くなって朱に染まった。

クリスチャンの瞳が陰り、揺らめいた。引き締まった浅黒い手を差し伸べられると、タビーはそれをつかみ、彼に引き寄せられるままになった。

「いけないわ」声が震えていた。

「キスだけだよ、かわいい人《マ ベル》？」

おもちゃの車で遊ぶジェイクの〝ぶるんぶるん〟という声が一階から聞こえてくる。クリスチャンは頭を下に向け、タビーの唇を念入りに味わった。いつしかタビーは口を開けていた。腿の付け根がうずき、思わず体を彼のほうへ寄せる。

「クリスチャン……」すすり泣くように彼を呼ぶ。

「慣れたふりはやめてくれ……ぼくらの初めてのデートなんだから」

「初めてのデート？」タビーはおうむ返しにきいた。

クリスチャンは眉を寄せた。「いわゆるふつうの関係を望んだのは、きみのほうじゃないか」

タビーはまごついた。「私が？」

「四年前、ぼくは最初からしくじったらしい。それをやり直せということだろう」

「そ、そうだったかしら？」

クリスチャンは笑った。「だからきみも、きっぱりと拒めるようになってくれ。このゲームは二人そろわないとできない。きみの協力が必要だ」

困惑と悔しさで頬をほてらせながら、タビーは重いバッグを彼の足もとに置き、先に一階へ下りた。体の外側はけだるく、内側は張りつめてうずいている。彼女には、ベッドを別にするという考えがすでにつまらないものに思えてきた。あれは常識を踏まえた予防ではなく、己の心の狭さが言いだした単純ないやがらせでしかない。クリスチャンに優越感をいだく権利が私にないこともしだいにわかってきた。彼を愛しているのは確かだけれど、欲望に関する限り、彼と同じくらいに罪深いのだから。

9

タビーとクリスチャンは子守《ナニー》のファンションを伴い、パリに向かった。小児喘息《ぜんそく》の専門医はジェイクを少しだけ診て、翌日の検査の予約を入れた。

クリスチャンはサンルイ島に十七世紀からあるタウンハウスを所有していた。立地もすばらしく、木立の並ぶセーヌ河畔を一望できる。いくつか電話をかけなくてはならないからと、クリスチャンは客室にタビーを残し、ディナー用の着替えを促した。タビーは細身の白いドレスをまとい、茶色い革で編んだベルトを腰に低く巻いた。ベッドに寝かせるとき、ジェイクはフランス語で〝おやすみ〟を言った。

タビーが豪家な居間に入っていくと、デザイナースーツを着こなしたハンサムなクリスチャンが出迎えた。もうひとり、恰幅《かっぷく》のいい年輩の男性がほほ笑みながら立っている。そのそばにはトレイがあり、指輪がいくつかのっていて、窓から差しこむ陽光に燦然《さんぜん》と輝いていた。

クリスチャンはタビーの背中に軽く腕をまわした。「婚約指輪を選んでほしい」

「まあ……形にこだわるのね」冷ややかなつぶやきで、タビーは喜びと驚きを隠そうとした。

「こだわりすぎるかな……きみさえよければ、指輪などなしにしよう」真剣な口調で彼が言い返した。

「鈍いのね……からかっただけよ」下手な冗談は言わないほうが身のためだ。タビーはさっそくトレイに近づき、たちまちアールデコ調のすばらしいダイヤの指輪に魅入られた。

「これがいいわ」

「ゆっくり選んでくれ」クリスチャンは衝動的な選び方をたしなめた。

「いいえ、これがいいわ」タビーは負けじと言い張った。「私の好きな時代なの」

指輪選びが終わると、クリスチャンはタビーを会員制のレストランへ連れていった。

「最初の夜はこうあるべきだった……待たなくてはいけなかったんだ」クリスチャンは認めた。「だが、きみから手を離すのがつらくて」

「そういう話はやめましょう」彼の引き締まった浅黒い顔や、男らしく自信に満ちた様子を見ているだけで、タビーの息遣いは乱れた。

「きみと結婚したい」クリスチャンはざらついた声で言った。「心からそう思っている」

「でも、その理由がジェイクや……」タビーは〝セックス〟という言葉をのみこんだ。なんとかして彼に愛されるようになりたい。でも、それは無理というものだ。彼をつなぎ止めておく手だてが欲望と息子しかないのなら、その現実に慣れるしかない。

タビーは自分が何を食べているかもほとんどわからなかった。クリスチャンの横顔や、話すときの優雅な手ぶりに、ほかの女性たちも見とれている。タビーの胸には彼への愛が怖いくらいにあふれた。

「クラブに行こうか?」コーヒーを飲みながら彼がきいた。

「そんな気分じゃないの」タクシーの中でもクリスチャンのほうを見る自信がなかった。彼が欲しくてたまらない。この気持ちを否定するのはあまりにもつらかった。

タウンハウスに着くと、クリスチャンはタビーのあとからジェイクの部屋に入っていった。ジェイクが赤ちゃんのときから添い寝しているすり切れた白い羊の縫いぐるみが床に落ちている。クリスチャンはそれを拾って息子の枕もとに置き、上掛けを直した。

「本当に《ボン・デュー》……この子はぼくたちの子供なんだな」クリスチャンがしみじみとつぶやいた。「この子を見たり、ただ頭に浮かべるだけで、子供のころのクリスマスと同じような不思議な気持ちになるよ」

タビーの目の奥を涙がつついた。「やれやれ……感傷的な親は私だけかと思っていたわ」

廊下でクリスチャンが足を止め、張りつめた顔をタビーに向けた。「ぼくの子供を宿していると知っていたら、きみのそばにいただろうに」彼は言いきった。「だが、事故の審理の日はきみと二人きりになる自信がなかった」

「どうして?」

「ぼくは怒っていた。きみがあのバイク乗りと二またをかけていたと信じこんで、きみとのすばらしい思い出までも壊してしまった」彼は苦しげに認めた。「あのころはまだきみを恨んでいた。そんな気持ちをきみに知られたくなかったんだ」

ゲリー・バーンサイドの娘だから拒まれたという疑いはこれですっかり晴れた、とタビーは思った。数カ月が過ぎたあとも、クリスチャンは私が裏切ったと信じて、怒り、そして恨んでいたのだ。そういう状態が長く続いたのも、クリスチャン・ラロッシュにとって私がひと夏の気軽な恋人以上の存在だったからに違いない。

「きみがぼくを非情な人間だと思ったのもわかるが、あれはわざとじゃない。あの日、きみを傷つける力がぼくにあったとは知りもしなかった」

タビーは爪先立ち、彼の首に腕を巻きつけると、目を輝かせて彼を見あげた。「わかってるわ。ゴージャスな指輪をありがとう」

腹が立つほど冷静に、クリスチャンは彼女を遠ざけた。「明日は早くから出かけるよ」

暖かい夜で、タビーはまだベッドに入る気分ではなかった。夕方にクリスチャンがタウンハウスの中を案内してくれたとき、地下にプールがあったのをタビーは思い出した。階段を下り、プールを懐中電灯で照らす。これほど誘惑的な水の広がりを彼女は見たことがなかった。

タビーはその場で服を脱ぎ、水につかった。ほてった肌に水が心地よい。端までひと泳ぎして、水に浮かんで目を閉じる。

「襲われたくなければ、早く出たほうがいい」

物憂げな警告の声が頭上で響いた。タビーはぱっと目を開け、水しぶきを上げて体を反転させた。ブロンズ色のたくましい胸もあらわに、クリスチャンがプールサイドにかがんでいた。

彼は不意に立ちあがり、ぶっきらぼうに言った。「これは冷たいシャワー代わりなんだ。このとおり、ぼくが極限状態に置かれているのがわかるだろう、ぼくの天使《モナンジュ》」

ぴったりとした黒いジーンズが男らしい興奮のあかしをかたどっているのに気づき、タビーは真っ赤になった。クリスチャンはジーンズのスナップを外し、見るからに苦労しながらジッパーを下ろした。当惑と賛美の入りまじった視線を彼の引き締まった腹部から引きはがし、彼女は上がり口まで泳いだ。

水から出て初めて、タビーは自分のあらわな体を意識した。クリスチャンの目にはさぞ挑発的に映ったことだろう。「あなたが下りてくるなんて知らなかったのよ」強く訴える。

「誓ってもいいわ」

「立って……手を下ろして……ぼくが見たいものを見せてくれ」大胆で、ざらついた声が懇願した。

金色に燃え立つ瞳と視線がぶつかり、めまいがするほど鼓動が速くなる。タビーは背筋を伸ばして両手を脇《わき》に垂らした。彼が喉を鳴らすのが聞こえ、彼女は女としての満足感を覚えた。「これは私たちの初めてのデートなのね」念を押すように言う。

「大丈夫だよ、かわいい人《マ・ベル》」彼の視線は豊満な白い胸から離れず、まだ水滴が残るピンク色のふくれた先端にとどまっていた。喉の奥から低いうなり声がもれる。「いや、ぼくは本当はもろい男だ……最初のデートですっかり自分をささげてしまうような」

「そうなの？」タビーは寒くもないのに震えていた。逃げなくてはいけない。彼はこう言っているのだ。行くんだ、さもないと……。けれども、あのなじみ深い手の感触を思い浮かべるだけでめまいがする。彼の前であらわな姿をさらしているだけで悩ましい気分になり、ひどく興奮する。

突然、クリスチャンは手を伸ばした。そして飢えたように唇を奪った。そのあまりにも性急なキスに、タビーの体内を流れるすべての血液が奔騰する。欲望に震えながら彼女は彼に身をゆだね、壁際のベンチへと運ばれていった。クリスチャンは彼女をそこに横たえてひざまずくと、胸の先の透明な水滴をなめ、とがったピンク色の頂をもてあそんだ。それから脚を開かせ、柔らかな巻き毛に覆われた秘めやかな部分を指でなぞっていく。

タビーは顔をほてらせながら、さらに脚を開いた。「クリスチャン……」

「恥じらわないとだめだ」クリスチャンは彼女をからかった。

耐えがたいほど敏感になった小さな芯《しん》を探り当てられるや、タビーの口から苦しげなあえぎ声がほとばしる。痛いくらいの興奮が体じゅうに広がり、彼女は自分の喜び以外、何も考えられなくなった。

「ぼくと結婚しなければならないもうひとつの理由がこれだよ」クリスチャンは満足感もあらわにうなった。「夜中の二時にここへ下りてきたのは、ぼくが欲しくて眠れないからだろう。ぼくも同じさ。ぼくたちは一緒にいるのが自然なんだ」

「でも――」

「〝でも〟はなしだ」クリスチャンはぴしゃりと遮った。「ベッドを別にするというのも」

熱くなめらかな体の奥に彼が指を滑らせると、タビーは我を忘れた。クリスチャンは唇を使っていちばん感じやすいつぼみを攻めた。タビーは奔放に身もだえ、苦悶《くもん》の声をあげて、彼の髪をつかんだ。今までにない快感に襲われ、言葉も思考も失っていく。彼の行為が及ぼす信じられない衝撃を受け止めるだけで精いっぱいだった。タビーがせっぱ詰まったのを見て取るなり、クリスチャンは彼女を貫いた。

「ああ……ああ!」彼を迎え入れた瞬間、タビーは叫んだ。クリスチャンはそんな彼女を押さえこみ、確かな動きでなおも深く分け入っていく。

彼の容赦ない奪い方は、言葉にならないほど刺激的だった。原始のリズムを刻みながら、クリスチャンは彼女を忘我の世界に駆りたてる。タビーは目もくらむような解放の瞬間を迎え、襲い来る絶頂感に全身を震わせた。そして彼女の両脚がくずおれた。クリスチャンは意味ありげな笑い声をもらしながら、彼女から離れ、ベンチに我が身を投げだしてその上に彼女を抱えあげた。

「獣のようにきみに飢えているんだ」セクシーな声でささやき、クリスチャンは再びタビーの体の奥へと侵入した。

　タビーのすすり泣きがあたりに広がる。

「あまりにも荒っぽいかな？」

「いいえ……すてきすぎて気を失いそう」タビーはなんとか応じた。

　その言葉に安心し、クリスチャンは汗に濡《ぬ》れた彼女の額から髪を払ってキスをした。そしてもう少しだけ脚を開かせて深く突きあげ、素朴な感動の声をもらした。「ぼくもだ《モワ・オッシ》」

　荒々しい喜びがタビーの中で新たにふくらんでいく。彼の見事な体が興奮の頂点で震えたとき、タビーは快感の頂へと再び舞いあがった。それはあまりにも強烈な感覚で、その余韻で涙さえあふれた。彼にしがみつき、不思議なくらいなつかしいにおいに浸りながら、決してこの男性を手放したくないと思う。

「今夜も一緒に寝よう」クリスチャンは彼女のこめかみにキスをしながらささやき、もつれた髪を指でとかした。「ああ、ぼくらのどちらかが明日死ぬとしたら……離れて寝たことをどんなに後悔するか」

彼への思いがあふれている今、想像しただけでも耐えられない。タビーは思わず泣きだした。「そんなことを言わないで！」

「冗談だよ」クリスチャンは息もできないほど強くタビーを抱きしめた。四年前に彼女が父親のあの車に乗っていたらと一瞬思い、みぞおちを鉄拳《てっけん》で殴られたようなショックを受けた。「ぼくらは一生分の不幸をくぐり抜けて、こうしてまた一緒になれたんだ」あえて物憂げに言ったものの、どうかしているのではないかと、彼は自分に不安を覚えた。

なぜこんなことを話したり考えたりする？　なじみのない感情に襲われ、確かに不安な気分だった。むろん、タビーのことはいとしく思っている。優しい気持ちをいだくのは別に変じゃない。タビーも優しくされるのが大好きだ。抱きしめたり、手をつないだり、カードや花を贈ったり、そういう無意味で感傷的なことが。

クリスチャンは彼女を抱きしめ、手をつないで、朝には花を贈ろうと心に決めた。そうとも、タビーの欲求に応《こた》えてあげればいい。彼女が満足するようなちょっとした心遣いを惜しむのは、情けない身勝手な男だけだ。

クリスチャンは広いシャワー室にタビーを運び、ささやいた。「昼間はビクトリア時代の乙女のように行儀よくすればいい。だが、夜はぼくのものだ」

タビーのけだるい体には満ち足りた甘いうずきが残っていた。クリスチャンは彼女の腰をタオルで巻き、二階の自分の部屋に連れていった。儀式か何かのように丁寧にタオルを外し、上掛けの下にタビーを横たえる。そしてジーンズを脱いで彼女の横に潜りこんでから、ひしと抱きしめた。

タビーの中に愛情があふれ、温かな安心感となって全身に広がった。決して寝心地はよくないだろうに、クリスチャンは手をつないでいてくれる。そのことをうれしく思いながら彼に寄り添い、タビーは眠りに落ちた。

翌朝、クリスチャンが目を覚ましたとき、三歳の息子が彼をじっと見ていた。

「ママのベッドで何をしてるの？」

ジェイクの無邪気な問いに、クリスチャンはとっさに答えた。「ママが悪い夢を見たんだ」

「ママのパジャマは？」

「脱げたんだよ……悪い夢を見たときにね」

クリスチャンは臆面《おくめん》もなく言ってのけたものの、頬骨の下にはかすかな赤みが差していた。目を覚ましていたタビーはこらえきれずに笑いだした。

「ここはぼくを援護すべきところだよ」クリスチャンは心外な顔をしてささやいた。

「援護以上のものが必要なようね」どうしようもない笑いの発作に襲われ、タビーはむせながら言った。

笑いがおさまるまで、クリスチャンは彼女に腕をまわしていた。もう一方の腕で、笑いが移ったらしい息子を抱き寄せる。そのときふと、クリスチャンは思った。ゲリー・バーンサイドの娘と結婚することを母親に電話で告げるべきだろうか？　臆しているわけではないが、できれば葉書ですませたかった。母親の情緒不安定が治り、涙が乾くまでは。いや、電話で連絡するほうが確実で、親切だ。それからタビーと一緒に訪ねてみようか？　ほんの十分くらい？　タビーが軽んじられたり、傷つけられたりする場面は想像したくもない。前もって母親に注意すべきだろうか？　タビーの繊細な頭の上で彼は顔をしかめ、抱く腕に力をこめた。

その日の午後、クリスチャンはタビーとジェイクを母親のアパートメントに案内した。前に来たときよりも明るくなったようだ。カーテンも開け放たれ、ブラインドも上げてある。出迎えた母親は見違えるようだった。笑みを浮かべているだけでなく、四年ぶりに黒以外の服、濃紺のドレスを着ている。

「マダム……」タビーは明るく声をかけ、上品な挨拶《あいさつ》を受けるためにフランス式に頬を差しだした。

「タビー……」クリスチャンの母親は温かな歓迎の意をこめ、彼女の両頬にキスをした。

「どうかマティルドと呼んで」

ジェイクは両腕を広げて抱きつこうとした。マティルドはひざまずいてそれに応え、おばあちゃんのことをフランス語ではマミーと言うのよ、と教えた。

クリスチャンは我が目を疑った。絵に描《か》いたような家族再会の場面だ。母親が初対面のタビーをこんなふうに迎えるなんて、できすぎだ。だが夢じゃない。マティルドはタビーの婚約指輪を褒め、ジェイクに手を握られて彼のおしゃべりに耳を傾けている。

クリスチャンは咳《せき》払いをした。二人の女性は何食わぬ顔で彼を物問いたげに見た。

「ショータイムは終わりだ」クリスチャンはぶっきらぼうに告げた。「ぼくはだまされないよ。それほどばかじゃない。前に会ったことがあるんだろう」

「なぜわかったの?」タビーは悔しそうにきいた。

ベロニクが婚約後に母親と会ったときの光景がクリスチャンの脳裏をよぎった。幼いときから知っているというのに、息子の将来の嫁を迎える母親の態度には少しも温かみがなかった。

母親が示した態度の落差から導きだされる事実に、クリスチャンは遅まきながら気づいた。ショックを受けた彼は珍しく軽率なことを母親に向かって言った。「ベロニクが好きじゃなかったんだね……」

こんなときに元婚約者のことに触れる息子の気のきかなさにあきれながらも、母親はため息まじりに認めた。「あのお嬢さんは小さいときからずる賢いと思っていたの」

「それで、どうしてタビーに会ったんです?」クリスチャンは尋ねつつも、なぜベロニクは同性の間で評判が悪いのかといぶかった。ずる賢い?

「あなたが何もきかなければ、嘘《うそ》はつかないわ」タビーは言葉を挟んだが、皮肉にも彼女自身、ききたいことがあった。ベロニク？　二人が話していたのは、ドルドーニュで会ったあの女性かしら？

だが、マティルドが婚約祝いのパーティを開きたいと言いだしたことで、気まずい話はそこで終わった。クリスチャンにとってはなおさら好都合だった。タビーがひどい夢を見てパジャマが脱げたという例の話を、ジェイクが祖母に話そうとしていたからだ。

しばらくして、マティルドのアパートメントをあとにしてエレベーターに乗りこんだとき、タビーは先ほどの疑問を口にした。「ベロニクって四年前に私が会ったあの女性？」

うなずくだけで何も話そうとしないクリスチャンを見て、タビーは、二人は友だち以上の関係だったに違いないと悟った。あの女性は美しくて都会的で賢い。でも、冷たくて意地が悪い。事故のあと、クリスチャンに会おうと別荘に行ったとき、タビーはそのことを思い知ったのだ。

タビーは不安になって思わず口を開いた。「あなたとベロニクは前につき合っていたのね……私が原因で別れたんじゃないんでしょう？」

「ばかな！」すべてを話せば不幸を招くと、クリスチャンはだんまりを決めこんだ。そのほうが親切というものだ。最近までベロニクと婚約していたことを知ったら、タビーの気持ちに水を差すだけだ……。

婚約パーティの夜、デュベルネの広い客間にある金縁の大きな鏡の前で、タビーはくるりと一回転した。念のためにもう一度、まわってみる。

胸もとを飾るアンティークのカルティエのダイヤのネックレスは、クリスチャンからの贅沢《ぜいたく》な贈り物だ。ドレスも人がうらやむ豪華さで、色はルビーレッド。肩があらわに出て、曲線の美しい体を完璧《かんぺき》に包み、くるぶしのあたりで裾《すそ》が軽やかに揺れる。このすばらしいドレスはサントノレ通りにあるオートクチュールの店で見つけたものだ。マティルドが一緒にいなかったら、その高級店に入る勇気は出なかっただろう。

この八日間はとても楽しかった。チュイルリー庭園へピクニックに行ったり、ジェイクを連れてディズニーランド・パリを訪れたり、あるいは美術館巡りをしたり、夜明けまでクラブ通いをしたり。タビーの画家としての経歴についても話をした。十代の男女のようにドアの陰に隠れて飢えたようにキスを交わしたこともある。二人は昼間はほとんど一緒に過ごし、クリスチャンは夜に仕事をした。

あれから彼がロマンチックになったことをタビーは喜んだ。花はむろん、ちょっとしたプレゼントをよくくれる。たとえば、タビーに似ているという、間抜けな笑顔のテディベアとか。ダイヤのネックレスや、ゴージャスなアールデコの踊り子のブロンズ像といった大きなプレゼントもあった。また、マティルドが手放しで歓迎してくれるので、タビーは再び家族ができたような気がした。それもクリスチャンの家族だと思うとうれしく、昔の傷もすっかり癒《い》えた。

まだクリスチャンとの結婚に正式に同意したわけではないのに、マティルドの熱心な指揮のもと、結婚式の計画はどんどん進んだ。タビーが口に出して結婚を承諾するまでもなかった。あと三十二時間以内に、二人は市庁舎か区役所で民事婚を挙げ、そのあと教会で祝福を受けるのだ。

タビーは結婚式が待ちきれなかった。何よりも、クリスチャンと再び愛し合えるようになるからだ。タビーが結婚指輪をはめる前に彼と同じベッドにいるところをジェイクに見つかったのは、二人にとって恥ずかしい教訓になった。その罰か何かのように、母親がまた悪い夢を見ないように、夜はいつも一緒にいるとジェイクは言い張った。そこで、結婚した人間は同じベッドで寝るのだと堂々と言えるあの魔法の瞬間が来るまで、ジェイクに模範を示す義務があるという結論に二人は達したのだった。

クリスチャンが戸口に現れた。アルマーニのイブニングスーツを着た彼は、洗練された男性美そのものだった。

「すばらしい」ルビーレッドのドレスをまとったタビーに、彼は熱い賞賛のまなざしを送った。「とても刺激的だよ。きみはぼくのものだ、かわいい人《マ・ベル》」

パーティは特急列車並みの速さで進み、最高級のシャンパンが惜しげもなくふるまわれた。注目を浴びて少々興奮しすぎたジェイクは、一、二度叱《しか》られた。クリスチャンの親戚《しんせき》は年輩の人が多く、昔かたぎで堅苦しい感じがしたが、小さな王子さまにかしずくようにジェイクに接してくれた。式も近いので、クリスチャンの友人はわずかしか招かれていない。タビーはひとりだけ招待した。ショーン・ウェンデルだ。叔母はボーイフレンドとオーストラリアに旅行中で、式には間に合うだろう。だが、残念ながら父親の世話で、ピッパは出席できそうになかった。

宴もたけなわのころ、ベロニク・ジローが登場した。まわりが急に静かになったので、タビーは目を上げ、面食らった。ベロニクが招待されているとは思いもしなかったのだ。目の覚めるような白と黒のイブニングドレスをまとった彼女はまっすぐクリスチャンのほうへ向かった。音楽に合わせてなめらかなステップを二、三披露し、クリスチャンに手を伸ばす。彼は彼女を出迎え、その誘いを受けた。

タビーは正式なダンスを知らない。婚約パーティの席で笑いものになりたくなかったので、クリスチャンがステップを教えようとしても無視していた。彼の腕の中でほほ笑みながら優雅に舞うベロニクの姿に、タビーの胸は怒りと嫉妬《しっと》の矢に貫かれた。

実際、ベロニクを見ているだけで、四年前のおどおどした十代のころに戻った気がした。未亡人となった継母《ままはは》のもとに戻る日、タビーはラロッシュ家の別荘に急ぎ、なんとかクリスチャンに会おうとした。電話をかけても、応答はなかった。

執事に続いて出てきたベロニクは、無礼に問いただした。〝なんの用かしら？〟タビーはショックを受けた。それまで、この黒髪の女性はいつも愛想がよく、好印象をいだいていたのだ。タビーはいつのまにか許しを請うようにして、クリスチャンに会えないかと尋ねていた。

〝自分が捨てられたことをそろそろ認めてもいいんじゃない？　彼、あなたには会いたくないのよ〟ベロニクはタビーの引きつった青い顔に軽蔑《けいべつ》のまなざしを注ぎ、口もとをゆがめた。〝あなたを振りきるために、携帯電話の番号も変えようかと思っているくらいなんだから〟

タビーの電話が無視されてきたことを、この女性は知っているのだ。父親の死や、遺族となった友人たちの苦悩に胸を痛めていたときだけに、クリスチャンの拒絶はタビーを打ちのめした。今ほど彼を必要としたことはなかったのに。

背を向けて帰ろうとしたタビーに、ベロニクは追い打ちをかけた。〝クリスチャン・ラロッシュがあなたみたいな安っぽくてふしだらな女と真剣につき合うわけないでしょう。あなた、もしかしてサンタクロースも信じていやしない？〟

追憶から我に返り、タビーは細い肩をいからせた。もうあのころの私じゃない。一両日中に私はクリスチャンの妻になるのだ。この場でなら、意地悪なベロニクにも愛想よくふるまえるだろう。とにかく、ベロニクはクリスチャンの友人の座に今もしっかりととどまっているので、こちらが我慢するしかない。

年輩の客たちはそろそろ帰ろうとしていた。クリスチャンがある友人に呼び止められたので、タビーは彼を残してボールルームにひとりで戻った。そこへ、ベロニクがやってきた。彼女に笑顔で挨拶するくらいのプライドはタビーにもあった。

「クリスチャンがくれた指輪をぜひ見せて！」ベロニクがわざとふざけたように声をあげた。

「本当に興味があるのかしら」タビーはぎこちなく言った。背の高い黒髪の女性を見あげなくてはならない自分が、ひどく小さく不格好に感じられた。

「でも、比べたくなるのは当然でしょう」ベロニクは片手を伸ばした。中指には大きなひとつ石のダイヤの指輪がはまっている。

「失礼だけど……比べるって？」タビーは困惑のまなざしで見つめた。

「この指輪は私がクリスチャンと婚約していたときのものよ。よく見ておいて。いつか元の指に戻るから。あなたが妻としてしくじって離縁されたときは、私が彼を慰めてあげるわ」

タビーはその場に凍りついた。「いつクリスチャンと婚約していたの？」

「どこかのふしだらな女が私生児を産んでやってくるまでよ！」黒髪の女性は意地悪くなじった。「子供ができやすいと得ね」

10

タビーの顔からすっかり血の気が引いた。動揺するあまり、めまいさえ覚えて慌てて背を向け、ベロニクのそばを離れた。

ベロニクは嘘《うそ》をついている。そうよ、再会したときに、クリスチャンが婚約していたなんてありえない。それなら、はっきり私に言ったはずだ。正直であることに昔からこだわってきた人だから。彼がベロニクの婚約者だったわけがない。からからに乾いた口の中を潤そうとウェイターからシャンパンの入ったグラスをもらい、タビーは一気に飲み干した。

玄関ホールにひとりでいるクリスチャンを見つけるなり、タビーは彼のもとに急いだ。

「今、ベロニクが婚約指輪を見せてくれたんだけど――」

クリスチャンはフランス語で悪態をついた。「結婚式のあとに言うつもりだったんだ、かわいい人《マベル》」

タビーは信じられない思いで彼を見つめ、一歩あとずさった。「すると……本当なの？　彼女と婚約していたというのは？　いつ別れたの？」

「あとで二人だけで話そう」タビーの取り乱した声や荒れ狂う緑色の瞳を見て、今は言わないほうがいい、とクリスチャンは判断した。

「いつ彼女と別れたの？」タビーは畳みかけた。

クリスチャンの顔がこわばる。「ベロニクとのことは、きみとは無関係だ」

「彼女にふしだらな女と呼ばれたのはこれで二度目よ……あなたのせいで。今度ばかりはそう呼ばれても仕方ないわね！」声は震え、胸が張り裂けそうだった。

「ベロニクがきみをなんと呼んだって？」嘘だろうと言わんばかりの激した口調で、クリスチャンは問いただした。「きみの聞き間違いじゃ――」

「いいえ。四年前も彼女はそう呼んだわ。あなたは鈍感すぎて気づかなかったんでしょうけれど、ベロニクはあのころからあなたを釣りあげようと心に決めていたのよ。でも今、彼女があなたを取り戻しても私はかまわない。あなたもそのほうがうれしいでしょ！」タビーは捨てぜりふを吐き、ボールルームにつかつかと戻っていった。

暗い怒りを燃え立たせ、クリスチャンはベロニクを捜しに行った。

「残念ながら、タビーの嘘よ」ベロニクは同情をこめてため息をついた。「彼女は嫉妬《しっと》しているんじゃないかしら。こんな作り話をして、私とあなたの関係を壊そうとしているのよ。彼女をあまり責めないで。不安を感じて当然だから」

クリスチャンは目を細くして、淡いブルーの瞳を探るように見た。ずる賢い？　彼の顔がいかめしくなる。「タビーが本当のことを話してくれてよかったよ。きみがまた彼女の悪口を言ったり、彼女のことや子供のことで妙な噂《うわさ》を流したら、フランスじゅうの裁判所に訴えて、きみを破滅させてやる」

ベロニクは青ざめた。

「ぼくを敵にまわすと怖いよ。命の限り、ぼくは彼女を守る」クリスチャンの口調は氷のように冷ややかだった。「この家から出ていってくれ。きみは招かれざる客だ」

タビーはクリスチャンに見つからないよう、踊っている人たちに紛れこみ、部屋のいちばん奥に行った。そこでもう一杯、シャンパンをもらう。お酒の力を借りて、最後の客が帰るまで笑顔を保とうとしたのだ。マティルド・ラロッシュは親族と楽しげに話している。自分が主催したパーティで婚約したばかりのカップルが公然とけんかをしたら、恥をかいてしまうだろう。

ボールルームの先のバルコニーで、クリスチャンはようやくタビーを捜しだした。彼女が顔をそむけると、クリスチャンは深いため息をついた。「ベロニクは今夜は招待されていなかったんだ。善意から押しかけたと思ったのがそもそもの間違いだった。だが、帰るように言ったよ。彼女はもういない。二度ときみに迷惑はかけないだろう」

「行って……あなたなんか嫌いよ！」タビーは嗚咽《おえつ》をのみ下してなじった。

「タビー――」

「あなたは別の女性と婚約していながら私とベッドを共にしたの?」震える声できく。月明かりの下で、クリスチャンはうなった。

「あなたは私をだましたのよ……四年前、私が自分の年をごまかしたとき、あなたにどれだけ責められたか。そんなあなたが……」怒りと苦悩で言葉が続かず、タビーは彼の横をすり抜けた。

引き締まった手がとっさに彼女の肘をつかんだ。「ベロニクのことを黙っていたのは、大事なものを壊したくなかったからだ」

タビーは肘を引っこめようとした。「放して!」

「こんな気分じゃきみを行かせられない」

「放さないと叫ぶわよ!」

クリスチャンは大げさなしぐさで彼女の手を放した。「ばかげているよ。再会した瞬間、ぼくらがどうなったかわかるだろう」

「あれは欲望よ」吐き捨てるようにタビーは言った。

ボールルームに戻ったとき、タビーは今にも涙があふれそうだった。ショーンが彼女の前に立って、心配そうにきいた。「どうした? 大丈夫かい?」

「私と踊って」タビーは彼に頼んだ。

スローな音楽が流れている。ショーンは困惑顔をしてうなった。「こういうのは苦手なんだ」

タビーは彼の首に腕をまわし、ささやいた。「動くだけでいいのよ」

「クリスチャンとけんかしたんだね？」

「どうしてそう思うの？」

「いや、別に……ただ彼が部屋の端に立って拳《こぶし》を握り、怖い顔でにらんでいるものでね。ぼくがきみに言い寄っているとでも思ってるみたいだな」

「無視すればいいのよ」

「あれだけ大きいと無視できないさ。それに、ものすごく嫉妬しているな。もっとも、初対面のときからそうだったけどね。指一本でもあらぬところに触れたら、ぼくは彼に殺される。だから、つまずいたりして誤解を招かないように頼むよ」ショーンはため息まじりに言った。

「彼がなぜ嫉妬したりするの？」

「クリスチャンは恋をすると夢中になるタイプだからかな」

「恋？」タビーの口から苦笑がこぼれた。

「彼はきみに首ったけだ。きみがよその男と談笑するのもお気に召さないようだ」ショーンはますます不安げに言い、慎重にタビーの体を遠ざけている。

音楽がやんだとたん、クリスチャンが大股で近づいてきた。ショーンはいかにもほっとした様子でタビーから腕を解いた。

金色の焼けつくような瞳にぶつかるや、タビーは顔をそむけた。しかし、クリスチャンは素早く彼女を引き寄せた。

「ぼくに腹を立てるのはわかるが、よその男とたわむれるのはやめてくれ」

飲みすぎたシャンパンがタビーの怒りをいっそうあおった。「私は自分の好きなようにするわ！」

クリスチャンはまわした腕に力をこめた。「ぼくの言うとおりにするんだ。気をしずめて――」

「大声で叫びたいくらいよ」タビーはあえいだ。

「気のすむまで叫べばいい……だが、ほかの男とたわむれるのだけはやめてくれ。ぼくはどうかなりそうだ」

「よく嫉妬するふりなどできるわね。ベロニクと婚約していたくせに」タビーは食ってかかった。

「その話はきみが冷静なときにしよう」

「私が酔っているとでも？」

「いや。きみが大声を出すのはシャンパンを飲みすぎたせいだと、いいほうに解釈しているだけだ」

「さっきの質問に答えて」

「彼女とは半年間、婚約していた。あれは――」

タビーは彼を振りきって背中を向け、その場を離れた。パーティが終わるまでの一時間は誰を相手に、何を話したのか覚えてもいない。ただ、頬が痛くなるほど、笑みを張りつけていた。半年間。傷ついた心で考えられるのはそれだけだった。半年間！

浮かれ騒ぐ最後の客が帰ったとき、クリスチャンはタビーの手を取り、書斎に連れていった。書斎に入るなり彼女は手を引っこめ、腕を組んだ。それから頭を高々ともたげ、彼を見つめた。「もうあなたとは結婚できないわ……」

浅黒いハンサムな顔がこわばり、青くなる。「ベロニクとの婚約については式のあとで言うつもりだったんだ。どうでもいいことだと思うが」

「あなたが別の女性と婚約していたことがどうでもいいと言うわけ？　私に対しては誠実でなくてもいいと？　あなたが誰かのものだと知って、それでも私が関係を持ったと思うの？」

「誰かのもの？　ぼくはなんなんだ？　トロフィーか？」クリスチャンはいらだちを抑えきれず、片方の手で空気を切り裂いた。「ベロニクとぼくの間には、社交の場に連れだって出席する習慣ができあがっていた。それで、便宜上の結婚を持ちかけた。ぼくには女主人《ホステス》役の女性が必要だった。彼女は彼女で、自分の社会的な地位を大事にし、仕事の邪魔とならない夫を欲していた。そんな二人だから、結婚すればうまくいくと思った。感情的なもつれもないし、よくある幻滅も味わわずにすむ――」

「妙な取り決めだこと」タビーが口を挟んだ。

「ぼくはほかの女性とつき合っても問題なしとされた。彼女との取り決めではね」金色に輝く瞳がタビーの視線をとらえ、理解を求める。「こんな話をするのは、ぼくらのことできみにやましさを感じてほしくないからだよ」

「ベロニクは誰とでもベッドを共にしてもいいと言ったの？」タビーは唖然《あぜん》として彼を見つめた。「あなたは了解したわけね？　なんて恥知らずなの！」

「彼女はなんとも思わなかったんだ」

「やっぱり私はあなたと結婚しないほうがいいわ。あなたが浮気をしたら、私はただじゃおかない」タビーは激しく言いつのった。「あなたも地獄にいるほうがましだと思うでしょうね！」

意外にも、この脅しともつかぬタビーの言葉に、クリスチャンの口もとに微笑らしきものが浮かんだ。「わかってるよ。だが、美しい妻がいて、しかも妻公認でよその女性と好きなことができるなら、たいていの男は飛びつくよ……もっといい何かが見つかるまでは」

「胸が悪くなるような話ね！」彼女は顔をそむけた。

「だが、今はこうしてきみといる」

タビーはおもしろくもなさそうに笑った。ベロニクの美貌《びぼう》や社会的な地位も、ハンサムな自分に生き写しの三歳児に比べればなんの価値もないと、クリスチャンは判断したのだろう。もしジェイクがいなくて、タビーがロワール渓谷のあの豪華な家に囲われる生活に満足していれば、クリスチャンはいずれはベロニクと結婚したはずだ。許せない。彼がただ息子のために結婚を選んだのなら。

クリスチャンはジェイクのためならなんでもするだろう。喘息《ぜんそく》はこれ以上悪化せず、長じるにつれて治ると専門医に言われて、彼はほっとしていた。ジェイクのそばにいるだけで、力強い顔が優しさと誇りと慈愛に輝く。膝をついておもちゃの車で一緒に遊ぶ姿は、世の中にこんな楽しいことはないというようだ。タビーの悲痛な瞳は涙で潤んだ。確かに、クリスチャンはジェイクを愛している。それは喜ばしい。けれど、私にも自尊心はある。愛する男性が私に求めるのは、ベッドでのどんな情熱的な要求にも応《こた》えられる奔放さだけだったとは。今やタビーの自尊心はずたずたに引き裂かれていた。

「きみを動揺させて、本当にすまない」クリスチャンは無念そうにつぶやいた。「しかし、ぼくらには関係のないことだ。わからないかい？　ベロニクとぼくは愛し合ってはいなかった。ぼくはベロニクを拒んで彼女のプライドを傷つけてしまった。だが、きみとぼくには、はるかにすばらしい――」

タビーは喉をごくりと鳴らした。「ええ……セックスね」

「ばかな……ぼくらの関係をおとしめないでくれ」

「四年前、どんなふうにあなたに捨てられたか、今でも忘れられないわ。あなたは言葉を交わそうともしなかったわね。だから、私はあなたの別荘に行って――」

黒い眉が寄せられた。「それは……いつだ？」

「私が継母《ままはは》と帰国する日よ。玄関に出てきたあなたのよきお友だちはこう言ったわ。あなたはクリスチャンに捨てられた、彼は私を振りきるために携帯電話の番号も変えるつもりだ、って！」

クリスチャンはいきなり一歩踏みだし、彼女の両手を取った。「それはベロニクがぼくに隠れてしたことだ。きみに関して彼女と話し合ったこともないし、きみにそんな口をきくことを許した覚えもない。ただ、あのころ、きみがよその男と会っているとぼくが信じていたことは確かだ。だから、きみが別荘に来るとは思ってもいなかった」

「そんなことはどうでもいいわ。あのとき、私はあなたに傷つけられたのよ……そして今夜、またあなたに傷つけられ、侮辱された。許せない……許すものですか！」タビーは目をしばたたき、今にもあふれそうな涙を押しとどめた。このゴージャスな男性を愛し、そして憎んでいる。タビーは彼から指を引き抜き、勇気がなえる前に指輪を外すと、そばにあるテーブルの上に置いた。

「だめだ……」クリスチャンの声がきしんだ。

タビーは二階へと逃げた。決して泣くまいとした。寝室からナイトドレスを取り、忍び足でジェイクの部屋まで行く。ここなら邪魔されない。悲痛な思いを胸に抱えながらも、タビーは息子の隣のベッドに潜りこんで数分後には眠っていた。

夜明け近くに目が覚め、シャワーを浴びる。頭が痛いのは、クリスチャンが指摘したとおり、シャンパンを飲みすぎたせいだ。ゆうべは悲惨だった。それでも必死に強がっていた。平静を取り戻した今、彼女は改めて考えてみた。

クリスチャンとの結婚を取りやめたら、ジェイクはどうなるだろう。あんなにはしゃいでいたのに。クリスチャンはベロニクを愛していたわけではない。けれど、この先も報われることなく彼を愛し続ければ、自分はおとしめられ、妻としてやっていく自信もなくなるに決まっている。

二度目に目が覚めたとき、タビーは自分のベッドに戻っていた。まごついて起きあがると、クリスチャンが背中を向けて窓辺に立っていた。カーテンが少し開けられ、優雅な部屋に陽光が差しこんでいる。

「ぼくがきみをここへ運んだんだ。話し合う必要がある」クリスチャンは静かに言った。

「いいえ……話すことなど何もないわ」

クリスチャンがさっと振り向いた。顔をこわばらせ、瞳も暗く陰っている。「聞いてくれと頼むべきだったな。話は全部ぼくがする」

タビーは眉の上のほつれ毛に指をからませ、昨夜から続いている動揺を隠そうとした。

「四年前、別荘まで会いに来たきみに、ベロニクが代わりに応対した日も、たぶんぼくは酔っていたんだろう。父の葬儀のあとは酒におぼれていたから」

緑色の瞳を見開き、タビーは息をのんだ。いつも冷静に見える彼からは想像もつかない。

「私も考えるべきだったのかもしれないわね。あなたがつらい思いをしていたことを」

クリスチャンは見るからに仕立てのいいズボンのポケットに両手を突っこんだ。「ぼくがつらかったのは、きみのいない日々を過ごすことだった」

沈黙が流れ、空気がますます張りつめていく。

「本当に……きみと結婚するつもりだった。ところが、あのバイク乗りと一緒にいるきみを見て、すべてがおかしくなった。父があの事故で亡くなったときでさえ、きみが欲しかった」彼は噛《か》みしめた歯の奥から声を絞りだした。「だが、プライドが許さなかった。心がぐらつかないよう、正体がなくなるまで酒をあおった」

タビーは目をしばたたいた。言いようのない驚きに打たれていた。私と結婚するつもりだった？

クリスチャンは広い肩をすくめた。そのしぐさに、いつもの優雅さは見られない。「母は夫を失って絶望の淵《ふち》に沈んでいた。ぼくの両親はとても仲がよかった。父が死んでしばらくの間、母は生きているのもいやという感じだった。見ているだけでぞっとしたよ。ぼくはどんな女性に対しても、母が父を愛するような深い気持ちにはなりたくないと思った」

「わかるわ……」タビーは同意したものの、それと似た不幸を語ることは控えた。

タビーの継母は夫に対して薄っぺらな愛情しかいだかなかった。リサは期待したほど裕福な未亡人になれないことがわかって激怒し、夫の死を悼む時間はなおさら短くなった。

「私と結婚するつもりでいたというのは本当なの?」タビーはためらいがちにきいた。

「私が年齢を偽ったことをあんなに怒っていながら、どうして結婚を考えられたの?」

「いけないかい?」金色の光をたたえて黒く澄んだ瞳がまっすぐにタビーの目をとらえた。

「きみをずっと求めていたんだ。結局、それに尽きる」

意にそむいて求めていたのだとしても、以前の彼の気持ちを知り、タビーは胸を打たれた。今、クリスチャンはひどく緊張している。誰かが急に大声を出しただけでも壊れてしまいそうだった。

クリスチャンはゆっくりと息を吐いた。「きみが年齢を偽ったのは、ぼくを失いたくなかったからだろう。きみには理解できない条件でベロニクと婚約したことを伏せていたのも、同じ理由からだ。きみを失いたくなかったんだ」

「そうなの?」喉を締めつけられ、タビーはそれしか言えなかった。

「初めて一緒に過ごしたあの夏、ぼくはきみに恋をした。ほかにどう考えたらいい？　数時間も離れていられないほど狂おしい気持ちを？」金色に揺らめく瞳で彼女を見つめる。「自分でも認めようとしなかったが、きみに対する気持ちは、ほかの誰にもいだいたことのないものだった」

タビーは鼻にしわを寄せて、必死に涙と闘った。「ああ、クリスチャン……」かすれた声で彼の名を口にする。

「ソランジュがきみにコテージを遺《のこ》したとき、ぼくはそれを口実にロンドンまできみに会いに行った。ぼくが出向く必要はなかったし、きみがブルターニュに引っ越してこないようもっと努力することもできた。本当はただ、きみに会って、きみと一緒に過ごし、きみと愛し合いたかった。最初にそれがかなったときは、ベロニクの存在など思い出しもしなかったよ！」

タビーはベッドを出て絨毯《じゅうたん》の上を横切り、彼を強く抱きしめた。クリスチャンとベロニクは、真の意味で婚約していたわけではなかったのだ。好きなようにしていいとベロニクが言ったからには、彼を不実だとは決めつけられない。

「直後にぼくはベロニクとの婚約を解消した。申し訳ない気はしたが、迷いはなかった」

「直後に？」タビーは、もうひとつ心の重しが取れた気がした。これでクリスチャンを信頼できる、と彼女は思った。

「パリでベロニクに会ったその夜、ぼくはブルターニュに戻ったが、きみはコテージを去ったあとだった。もっとも、ベロニクが気の毒に思え、きみとの結婚は考えていないと言った。それがこんなに早々と結婚を決めたものだから、彼女はよけいに腹を立てたんだろう」クリスチャンは顔をしかめた。

「そのころはまだ、コテージを愛人用の住まいに変えようとしていた。そうでしょう？」

金色の光を帯びた黒く美しい瞳を用心深げに輝かせ、クリスチャンはうなずいた。

「ほらね、あなたの考えはお見通しよ」タビーは新たな自信を得て言った。「私との結婚を思いついたのは、ジェイクのことを知って、しかも、あなたと住む気が私にないとわかったあとでしょう」

「きみを手に入れるためならなんでもするつもりだよ。わからないかい？」

「いいえ……言葉にしてほしいわ」タビーは息苦しくなるほどに幸せだった。夢のまた夢だと思っていたことが今かなったことを、彼女はクリスチャンのまなざしから読み取った。

クリスチャンは彼女の体をすくいあげ、腕に抱いたままベッドの端に座らせた。「きみを愛しているんだ、かわいい人《マ・ベル》。狂おしいほどに」

タビーは至福の喜びと共にため息をついた。「もっと早くそれを言ってくれたら――」

「自分の気持ちを知るのに長い時間がかかったよ」

夢見心地の笑みを浮かべてタビーはクリスチャンを見あげた。「ジェイクのためだと思っていたわ……私と結婚するのは」

「あの子はすばらしい。だが、結婚の動機ではない。ぼくはきみを愛しているから結婚したいんだ」

「私を……トロフィーか何かだと思っているの？」タビーはからかった。

「ぼくのトロフィーだ」クリスチャンはぎこちなく彼女の顔をとらえ、みずみずしい唇をむさぼった。

タビーは身を震わせた。「あなたを愛しているわ」

「本当に？　何度もへまをしたぼくを？」

「そこがいいのよ」

「否定してほしかったな……ぼくをもっとうぬぼれさせてくれ」クリスチャンが嘆いた。

「あなたのうぬぼれは今のままで充分よ」

「きみが欲しくてたまらない」息も荒く言う。

「明日結婚できるわ」

「百年先のことのように思えるよ。きみを求めてこんなにうずいている」

「きっと刺激的なハネムーンになるわ」タビーは恥じらいもなく誓った。そして挑発するように身を寄せ、彼の欲望をあおって楽しんだ。

「今からドライブに行こう、愛する人《モナムール》」クリスチャンがうなった。「ホテルにチェックインして――」

「だめよ……あなたのお母さまが美容室に予約を入れてくださったの。半日はかかるわ」

「ばかげてる……きみは今のままでゴージャスだ。髪を切らないでくれ」

タビーがふと目を上げると、ジェイクがドアの隙間《すきま》から顔をのぞかせていた。

「べたべたしてる！」ジェイクはしかめ面をした。

「あの子の前でドアに鍵《かぎ》をかけ、また、パジャマが脱げるようにしよう」クリスチャンがかすれ声で提案した。

「私を待つ甲斐《かい》はあるわよ」タビーは生意気な笑みを浮かべ、たくましい男性のすばらしいぬくもりに包まれた。ジェイクが飛びこんできたので、息子も一緒に抱きしめた。私は二人に愛されている。それは、このうえない喜びだった。


タビーのアイボリーのウエディングドレスは、ぴったりした身ごろに瞳と同じ緑色の刺《し》繍《しゅう》とビーズがあしらわれ、スカートは流れるようなラインを描いていた。頭にいただくエメラルドとダイヤのティアラ、喉もとのダイヤのネックレス、それに極上ダイヤのイヤリングは、どれも花婿からのプレゼントだ。

クリスチャンはタビーをほれぼれと眺め、片時も目を離せなかった。まるで王妃のお供をするように階段をのぼり、区役所の中で結婚式を挙げた。そのあと、小さな教会で祝福を受け、手を取り合って写真におさまった。タビーの上にとどまったままの彼の目は、誇りと愛情に輝いていた。

披露宴はパリのリッツ・ホテルで開かれた。アリソン・デイビスとそのボーイフレンドは、タビーが贅沢《ぜいたく》な衣装とアクセサリーに身を包み、大勢の注目を浴びているのに驚いた。花嫁の明るい人柄と自信は実際、賛美の的だった。クールだという評判の花婿もそのそばでは落ち着きを欠き、クレオパトラを見るような目を花嫁に向けていた。

ホテルを出る前に、新郎新婦は息子のジェイクをマティルドに預けた。リムジンで空港に運ばれた二人は、そこからクリスチャンの自家用飛行機でハネムーン先のトスカーナへ飛んだ。

離陸したジェット機の中で、クリスチャンは内ポケットから手紙を取りだした。「披露宴の直前に届いたんだ。大伯母のソランジュからだよ」

「ソランジュ?」タビーは困惑しておうむ返しにきいた。「どうしてそんなことが?」

「きみにコテージを相続させるために遺言を書き換えた日につけ加えたらしい。ぼくらが結婚する場合に限り、ぼくに届けるよう公証人に指示したんだ」

老婦人の繊細な文字を読むのに、タビーが苦労していると、クリスチャンが助けてくれた。

「最初にソランジュは、デュベルネの一部を身内以外の者に遺したことを謝っている」

「そうなの？」

「次に、ぼくがきみと結婚してコテージが一族の手に戻ったことを祝っている」

「魔法みたい！」タビーの頬が赤く染まった。「コテージを取り戻すための結婚だったのね」

「ソランジュはこう結んでいる。ぼくらが末永く幸せに暮らすように、と。ぼくらがお似合いだとわかっていたそうだ」クリスチャンの口もとに魅力的な苦笑が浮かんだ。「大伯母はあのころから、ぼくがきみを愛していると察していたんだな」

タビーの目の奥に涙がこみあげる。「私もそうならよかったのに」彼女はつぶやいた。「あの日、ベロニクを押しのけて、あなたに直接会っていたら。あなたは酔った勢いで、ピートが私にキスするところを見たと白状したに違いないわ……そうしたら、あのとき、あの場ですべて解決していたのに」

クリスチャンはため息をつき、彼女を抱き寄せた。「あのころのぼくは本当に思いあがっていた。きみへの愛と闘っていたんだ。今は大人になったよ」

「私もあのころは、結婚するには幼すぎたわ」

クリスチャンは信じられないほどの優しさをこめて、涙の伝うタビーの頬にキスした。

「きみが大好きだよ。今は前よりもはるかにきみのよさがわかる。これからどれだけ多くのときを一緒に過ごせるか考えてごらん、かわいい人《マ・ベル》」

再びタビーの顔にまぶしい笑みが広がり、クリスチャンもゆっくりと笑みを返した。金色に輝くすばらしい瞳が賛美のまなざしを注いでいる。タビーが彼の唇を挑発的にもてあそぶと、荒い息遣いが聞こえた。「私を愛して。狂おしく、情熱的に」

「黙って……」クリスチャンはいとしげにうなり、朗らかに笑う新婦を機内の個室へと運んでいった。

●本書は、2004年7月に小社より刊行された作品を文庫化したものです。

ひと夏のシンデレラ
2021年9月15日発行　第1刷

著　　者／リン・グレアム
訳　　者／藤村華奈美（ふじむら　かなみ）
発 行 人／鈴木幸辰
発 行 所／株式会社ハーパーコリンズ・ジャパン
東京都千代田区大手町1-5-1
電話／03-6269-2883（営業）
0570-008091（読者サービス係）
印刷・製本／中央精版印刷株式会社
表紙写真／© Anna Kraynova | Dreamstime.com

ISBN978-4-596-41766-4